Tucholsky  Wagner  Zola  Scott  Sydow  Freud  Schlegel
Turgenev  Wallace  Fonatne

Twain  Walther von der Vogelweide  Fouqué  Friedrich II. von Preußen
Weber  Freiligrath

Fechner  Fichte  Weiße Rose  von Fallersleben  Kant  Ernst  Frey
Hölderlin  Richthofen  Frommel

Fehrs  Engels  Fielding  Eichendorff  Tacitus  Dumas
Faber  Flaubert

Feuerbach  Maximilian I. von Habsburg  Fock  Eliasberg  Zweig  Ebner Eschenbach
Ewald  Eliot  Vergil

Goethe  Elisabeth von Österreich  London
Mendelssohn  Balzac  Shakespeare  Dostojewski  Ganghofer

Trackl  Stevenson  Lichtenberg  Rathenau  Doyle  Gjellerup
Mommsen  Thoma  Tolstoi  Lenz  Hanrieder  Droste-Hülshoff
Dach  Verne  von Arnim  Hägele  Hauff  Humboldt
Reuter  Rousseau  Hagen  Hauptmann  Gautier
Karrillon  Garschin  Defoe  Hebbel  Baudelaire
Damaschke  Descartes  Hegel  Kussmaul  Herder
Wolfram von Eschenbach  Dickens  Schopenhauer  Rilke  George
Bronner  Darwin  Melville  Grimm  Jerome  Bebel  Proust
Campe  Horváth  Aristoteles  Voltaire  Federer
Bismarck  Vigny  Barlach  Heine  Herodot
Gengenbach
Storm  Casanova  Tersteegen  Grillparzer  Georgy
Chamberlain  Lessing  Langbein  Gilm  Gryphius
Brentano  Lafontaine
Strachwitz  Claudius  Schiller  Kralik  Iffland  Sokrates
Bellamy  Schilling
Katharina II. von Rußland  Gerstäcker  Raabe  Gibbon  Tschechow
Löns  Hesse  Hoffmann  Gogol  Wilde  Vulpius
Luther  Heym  Hofmannsthal  Klee  Hölty  Morgenstern  Gleim
Roth  Heyse  Klopstock  Puschkin  Homer  Kleist  Goedicke
Luxemburg  La Roche  Horaz  Mörike  Musil
Machiavelli  Kierkegaard  Kraft  Kraus
Navarra  Aurel  Musset  Lamprecht  Kind  Kirchhoff  Hugo  Moltke
Nestroy  Marie de France  Laotse  Ipsen  Liebknecht
Nietzsche  Nansen  Ringelnatz
Marx  Lassalle  Gorki  Klett
von Ossietzky  May  vom Stein  Lawrence  Leibniz  Irving
Petalozzi  Platon  Knigge
Sachs  Poe  Pückler  Michelangelo  Liebermann  Kock  Kafka
de Sade  Praetorius  Mistral  Zetkin  Korolenko

Der Verlag tradition aus Hamburg veröffentlicht in der Reihe **TREDITION CLASSICS** Werke aus mehr als zwei Jahrtausenden. Diese waren zu einem Großteil vergriffen oder nur noch antiquarisch erhältlich.

Symbolfigur für **TREDITION CLASSICS** ist Johannes Gutenberg (1400 — 1468), der Erfinder des Buchdrucks mit Metalllettern und der Druckerpresse.

Mit der Buchreihe **TREDITION CLASSICS** verfolgt tradition das Ziel, tausende Klassiker der Weltliteratur verschiedener Sprachen wieder als gedruckte Bücher aufzulegen – und das weltweit!

Die Buchreihe dient zur Bewahrung der Literatur und Förderung der Kultur. Sie trägt so dazu bei, dass viele tausend Werke nicht in Vergessenheit geraten.

# Die Selbsttaufe

Karl Gutzkow

# Impressum

Autor: Karl Gutzkow
Umschlagkonzept: toepferschumann, Berlin

Verlag: tradition GmbH, Hamburg
ISBN: 978-3-8424-0766-4
Printed in Germany

Karl Gutzkow

# Die Selbsttaufe

### 1.

Seine Hochwohlgeboren, der Commerzienrath und Ritter mehrer Orden, Herr Wallmuth schienen nicht angenehm geruht zu haben. Vielleicht dauerte der gestrige Thee beim portugiesischen Gesandten zu lange; vielleicht hatte ein böser Genius dem glücklichen, aber alten Manne Gott Saturn mit der Hippe im Traume vorgeführt. Der Treffliche schien verstimmt. Jacob, der älteste seiner Diener, kleidete ihn an. Jacob war der älteste Diener; denn er stand grade sieben Monate in seiner Stellung zum Commerzienrath. Das war lange, lange für die Prinzipien eines Mannes, der auch darin mit der Jugend fortschreiten und sich jung erhalten wollte, daß er nichts mehr haßte als alte Dienstboten, Menschen, die uns, wie er oft in seiner geistreichen Weise sagte, in ihr eignes Alter hinunterziehen, durch langjährige Gewöhnung beherrschen und uns eine Welt, die voll so heiterer Freuden und einladender Reize ist, langweilig erscheinen lassen. Jacob war ein junger Groom, der noch vor sieben Monaten als Jokey hinter der österreichischen Gesandtin geritten war.

Man überreichte dem Commerzienrath seine Morgenkleider. Er schlüpfte in einen gelbseidenen Schlafrock und gähnte sich aus. Jacob erhielt den ersten unfreundlichen Blick, der Herr der Schöpfung den zweiten. Wallmuth hatte das Wetter in Augenschein genommen und fand es nicht lobenswerth. Er warf sich in sein Canapee mit dem Bewußtsein, daß es dem Herrn der Schöpfung verdrießlich war, schon so früh Morgens nicht den Beifall des Commerzienrathes und Ritter mehrer Orden, Herrn Wallmuth erhalten zu haben. Jacob rückte ihm eine Maschine entgegen. Der große Mann wird sich die Chocolade selber machen. Er nimmt die braune Cacaotafel, bricht sie höchsteigenhändig in erst größere, dann diese in immer kleinere Stücke, bis die Stücke klein genug sind, um in dem heißen Wasser zu schmelzen. Jacob wischt ihm die braun gewordenen Finger ab. Dann rührt der Commerzienrath den würzigen Trank und studirt die Lehre von der Brechung der Lichtstrahlen an dem bunten Schaum, der auf den Rand der Trommel steigt. Hätte Jacob Geist genug gehabt, zu behaupten, daß der Lichtschimmer, der diese prismatischen Farben des Chocoladenschaumes hervorbrachte, von des Commerzienrathes klarem Auge ausginge, die Bitte um eine kleine Zulage würde ihm nicht abgeschlagen worden sein.

Der Morgen eines reichen, geehrten, glücklichen Mannes! Nur die Verdauung ist nicht immer, wie sie sein soll. Heute ist sie ungestört, denn der Commerzienrath nimmt zu Soupers, die alten Leuten weit gefährlicher sind als Diners, keine Einladungen mehr an. Die Zeitungen beschäftigen ihn, er hält sie alle; alle, die in der Residenz erscheinen. Er liest sie von rückwärts, von der städtischen Chronik und den Theaterangelegenheiten an bis zu den politischen Ereignissen nach vorn, die ihn seiner Orden wegen interessiren. Heute sucht er nach einer Notiz, die er gestern an alle Redactionen eingesandt hatte. »Herr Commerzienrath, Ritter etc. Wallmuth hat dem Verein der Gartenfreunde ein vorzügliches Exemplar von Tropaeolum tricolor zum Geschenk verehrt.« Sie steht da, die Notiz, ohne Druckfehler, sie steht in allen Blättern. Das machte ihn heiterer, er schlürft die Chocolade mit größerm Behagen, er malt sich aus, welchen Eindruck grade in diesem Augenblick bei der Morgencollation diese Stelle auf Se. Durchlaucht den Fürsten, auf die Fürstin, auf die Prinzen und Prinzessinnen des Hauses, auf den dirigirenden Minister, auf die Departementchefs und das diplomatische Corps machen wird. Er wird in den nächsten acht Tagen das Casino besuchen, um alle auswärtigen Zeitungen durchzusehen, ob nicht zwischen den Parlamentsverhandlungen Englands und den Ministerialkrisen Frankreichs auch das dem Verein der Gartenfreunde von ihm verehrte Exemplar von Tropaeolum tricolor zu finden ist. Für den Fall, daß er die Notiz nicht findet, wird er auch zu denen gehören, welche die Presse für zügellos erklären.

Es hat neun geschlagen. Besuche melden sich. Der glückliche Mann gibt Audienzen. Die Verwaltung seines Vermögens ist so geordnet, daß sie ihn nur alle Vierteljahre bei großen Rechnungsabschlüssen stört. Er lebt nur den Künsten, Wissenschaften, der

Wohlthätigkeit und der Gesellschaft. Es kommen Einladungen, kleine zierliche Billette mit Wappenvignetten, es kommen Anfragen, Bitten, man leiht auch Bücher von ihm und trägt ihm Streitigkeiten vor, die sich gestern beim Whist entspannen, und ersucht ihn um seine Entscheidung. Er besitzt in der That nicht nur Bücher, sondern auch Kenntnisse. Er hat einen wundervollen Garten, in welchem ein theuerbezahlter Gärtner Pflanzen zieht, die bei jeder nächsten Blumenausstellung Medaillen gewinnen, Medaillen, die natürlich nur dem Commerzienrath ertheilt werden. Er ist nicht nur Blumist, er ist Mineralog, er hat eine Schmetterlingssammlung und eine Siegelsammlung, und wenn der romantisch gestimmte Kronprinz das politische System vielleicht ändern sollte, wird er auch eine mittelalterliche Waffensammlung anlegen. Seine wohlgeordneten, sauber geschriebenen Kataloge stehen jedermann zu Diensten. Fremde Gelehrte bewundern einen ehemaligen Kaufmann, dem es gelingen konnte, sich zum Ehrenmitglied so vieler wissenschaftlichen Gesellschaften zu machen. Diese Ehren kosten viel Geld, viel Verpflichtungen, viel Gegendienste. Ruhm gênirt, war eine Lieblingswendung des ausgezeichneten Mannes. Aber auch ein gutes Herz ist gênant. Wallmuth galt dafür, ein solches zu besitzen. Man sah ihn bei Unterzeichnungen zwar nie oben an der Spitze prangen (denn dies weisen selbst die Rothschilde als unpassend zurück), aber immer im Verlauf der Namenliste mit großmüthigen Aufopferungen. Besonders gab er da, wo er wußte, daß eine Gabe auch anerkannt, geschätzt, gewürdigt wurde. Dank, den Andere nicht begehren, mußte er stets in starken Zügen schlürfen. Man will behaupten, daß es Fälle gab, wo er sich sogar von Männern die Hand küssen ließ. Verschämten Armen war er nicht hold, wohl aber denen, die ihm von einflußreicher dritter Hand empfohlen wurden. Ein unglücklicher Vater, der um seine Theilnahme bat, that immer besser, statt sich von seinen drei hungernden und frierenden Kindern begleiten zu lassen, sogleich eine Empfehlung von einem öffentlichen Namen mitzubringen. Ein Handbillet von einer tonangebenden Dame öffnete augenblicklich das Herz des edlen Mannes. So hatte er auch heute reichlich geschenkt, golden sich eingeschrieben in die Tafeln der Erinnerung und Dankbarkeit, er konnte sich in stolzem Gefühl jetzt ankleiden lassen, konnte den Wagen bestellen, durfte rechnen bei seinen Morgenvisiten vom Oberfinanzdirektor, der ihm einen leichtsinnig gewesenen jungen Unterbeamten empfohlen hatte, einen stummen Händedruck, von dem Gemäldegalleriedirektor, der ihm einen Kupferstecher für seine Visitenkarten empfohlen hatte, einen warmen Dank zu ernten, ja die muntre Baronesse von Leuthold, die ihm eine geheime Subscription für ihre alte Gouvernante ans Herz gelegt hatte, drückte ihm vielleicht einen Kuß auf seine einst schön gewesenen Lippen. Er war befriedigt, erheitert sogar. Jacob staunte, daß er seinem Herrn eine glänzende Hofuniform und seine sämmtlichen Orden anziehen mußte. Es mußte damit ein geheimer Zweck sein. Der Wagen stand vor der Thür. Er wollte einsteigen. Alles war erledigt, nur unten steht noch der Küster von St. Petri und zieht das Sammetkäppchen vom silberweißen Haupt. Er hatte die Pflege eines Grabes zu besorgen, eines Grabes, das den Commerzienrath sehr nahe anging.

Zehn Jahre, hieß es, zehn Jahre hab ich das Grab der in Gott ruhenden Frau Commerzienräthin gepflegt, bin auch endlich dafür bezahlt worden, aber seit Fräulein Agathe verreist ist –

Ich werde Blumen aus meinem Treibhaus schicken.

Auch grünen Rasen? fragte der Todtengräber; und Abends, fuhr er schüchtern fort, begieße ich die Blumen, wenn die Sonne untergegangen ist. Waren so lange nicht draußen, Herr Commerzienrath.

Diesem aber war unweltliche Störung unangenehm. Der Alte hatte ja keinen Empfehlungsbrief; von Niemanden, höchstens von einem Schatten!

Ich gebe nichts, sagte der in seinem Behagen gestörte Mann und stieg ein.

Das Grab Ihrer guten, seligen Gattin, flehte bittend der Greis.

Ich will nicht. Das geht meine Tochter Agathe an. Damit schlug er das Fenster zu und bemerkte nur noch: Zu meiner Tochter Sidonie!

Der Todtengräber sah dem rollenden Wagen nach, blieb eine Weile nachdenkend stehen und richtete an eine alte Haushälterin, die schon unter der Commerzienräthin im Hause gewartet hatte, die Frage, wann die gute Agathe wiederkäme? Die Alte antwortete nicht. Sie war taub. Seufzend verließ der Greis die Schwelle des Hauses, das sich hinter ihm schon geschlossen hatte.

## 2.

Der Wagen sprengte durch die belebten Gassen. Es war Markttag, der Himmel hatte sich aufgeklärt, aus Verdruß vielleicht, früh Morgens die Mißbilligung eines geistreichen Mannes sich zugezogen zu haben. Der Commerzienrath fuhr beim portugiesischen Gesandten vorüber, dem er einen weniger aufregenden Thee zu empfehlen sich vornahm. Alles war heiter und froh in ihm, wie immer, wenn er seine vier Pfähle hinter sich hatte. Er gehörte zu den Naturen, die nur außer dem Hause liebenswürdig sind. Er gestand dies auch selbst ein, ja er nannte sich zuweilen schwach, verwöhnt, eitel sogar, was er jedoch Alles mit so schalkhafter Grazie that, daß man gezwungen war, ihn des Gegentheils zu versichern. Der Gedanke, daß ihn die stolzen Renner (ein Schimmel und ein Brauner, nach moderner Art zweifarbiges Gespann) zu seiner Tochter Sidonie, verwitweten Baronin von Büren, brachten, schien sein, von einer knappanliegenden Perücke jugendlich umschattetes Haupt zu verklären.

Frau von Büren, die berühmte schöne Frau, bewohnte dicht vor dem Thor ein reizendes Landhaus. Ehe der Wagen dorthin gelangte, bekam Wallmuth einen Anfall plötzlichen Entzückens, riß das Fenster des Wagens auf, klopfte und trampelte, daß man halten sollte, und rief auf die Straße unarticulirte Freudenlaute aus. Der Wagen hielt. Der Kutschenschlag wird geöffnet, die Treppe niedergelassen und heranspringt ein allerliebstes zehnjähriges Mädchen, Harriet, Sidoniens Tochter, seine Enkelin. Küsse, Liebkosungen, hundert Fragen und alle auf einmal. Engel – Großpapa, Großpapa – Engel – ! Dieser geistreiche, gefühlvolle und reiche Mann war wirklich glücklich. Harriet, die kleine Baronesse, hatte ihm nur guten Morgen sagen wollen und sollte dann, der Bediente, der sie begleitete, stand in bescheidener Ferne, in die gymnastische Unterrichtsstunde gehen. Harriet lernte Leibesübungen! Die Mutter wollte dies aus künstlerischen, der Großvater aus diätetischen Rücksichten. Er ergriff überhaupt jede Gelegenheit, sich als ein Mann ohne Vorurtheile, als ein Mann, der in Nichts am Alten hing, zu zeigen. Keine verbesserte Kaffeemaschine wurde erfunden, die er nicht sogleich anschaffte und begutachtete. Man konnte immer sicher sein, wenn von einer neuen Entdeckung die Rede war, daß Wallmuth sich über sie schon ein Urtheil gebildet hatte. Man muß gestehen, daß dies, wenn nicht gerade Geist, wofür man es meistens erklärte, doch eine gründliche Bekanntschaft mit der Kunst, das menschliche Leben zu verlängern, verräth.

Nach einigen Küssen und warnenden Verhaltungsmaßregeln ging die liebliche Harriet, bepackt mit einem Papier voll Bonbons, in die Turnstunde. Der Großvater fuhr zu Sidonien. Er fand sie in ihrem Maleratelier. Dies war wunderbar gelegen. Natürlich mußt' es nur *ein* Fenster haben, aber dies war hochgewölbt, im gothischen Styl, und gab eine Aussicht in Gärten und Felder zum blauen Gebirge hin. An den Wänden hingen Skizzen, Studien, halbvollendete Brustbilder, auch ein Apparat zum Daguerreotypiren fehlte im Interesse der Landschaftsmalerei nicht. Rechts und links war dies genial ordnungslose Atelier von den eleganten Boudoirs und Cabineten der Besitzerin umgeben.

Sidonie schien verstimmt oder zerstreut. Sie lag auf einem kleinen Eckdivan hingestreckt, sie befand sich noch in der Morgentoilette, in einem allerdings reizenden Negligé. Ein Buch lag aufgeschlagen neben ihr. Hatte sie darin gelesen, philosophirte sie über das Gelesene, sie behauptete, als der Vater eintrat, ein prickelndes Kopfweh zu empfinden. Dieser, der nur zwei Leidenschaften hatte, die für den Ruhm und die für seine Tochter, wollte ihr in diesem Falle keinen Zwang anthun, aber sie sagte mit melodischer Stimme: Behüte Papa; bleibe nur! Mit allen deinen Orden! Du siehst wie Harlekin aus. Setz dich, wir machen heut ein Ende. Sie ging an eine Staffelei, kehrte das darauf verkehrt liegende Gemälde um, es war der Commerzienrath und Ritter Wallmuth, den sie kunstvoll gemalt hatte, der leibhaftige Großpapa der lieblichen Harriet, in der Hofuniform, mit allen seinen Orden, die Sidonien zu malen mehr Schwierigkeiten machten, als die welken Gesichtszüge des alten Herrn. Sidoniens Kopfweh machte aber, daß Wallmuth zum Sitzen kaum zu bewegen war. Er küßte sein Kind mit der Zärtlichkeit eines Liebhabers, gab ihr eine Menge Verhaltungsmaßregeln, schlug ihr vor, mit ihm ins Freie zu fahren, was sie jedoch alles einfach mit einer Oeffnung des großen Fensters erwiederte. Nun strömte ein frischer Zugwind, geschwängert von Jasmin- und Hollunderdüften, in das dumpfe Zimmer. Sie sagte: Ich *will* dich heute fertig malen! Das entschied. Gegen dieses *Will* seiner Tochter war der Vater nicht gewohnt, etwas einzuwenden.

Besuche störten den Akt nicht, sondern belebten ihn. Sidonie besaß eine so starke Geisteskraft, daß sie malen und sich doch mit Künstlern oder Theoretikern, die sie besuchten, unterhalten konnte. Die meisten von der letzten Art lieferte das diplomatische Corps. Kaufte man nicht jetzt die Farben schon präparirt und gerieben, Sidonie hätte aus einigen Legationssekretairen und Offizieren ihre Farbenreiber wählen können. Man kam und ging. Man brachte Neuigkeiten und nahm welche mit. Man bewarb sich um Sidoniens Gunst. War sie doch jung, reich, schön! Sie galt für geistreich und war es auch. Nicht so, wie man gewöhnlich Frauen geistreich nennt, die nur das Talent haben, ewig zu fragen, alles zu bezweifeln und nichts über Menschen und Dinge für ausgemacht zu halten, als das *Gespräch* darüber, sondern sie besaß positiven, behauptenden, schaffenden Geist, sie konnte sich für eine Meinung erhitzen, sie konnte so lange für eine Ansicht streiten, bis sie merkte, daß sie darüber unschön wurde. Dann brach sie ab. So leidenschaftlich, wie sie wirklich war, wollte sie doch nicht scheinen.

Sidonie war vom Baron von Büren früh Witwe geworden. Dieser Herr war ein junger Elegant gewesen, den Sidonie um so liebenswürdiger finden mußte, als ihn alle Welt so fand. Er heirathete sie, sie wurde Mutter, der Vater starb. Ein junger Mann, scheinbar blühend, starb! Ein Herzfehler konnte ihn nicht länger leben lassen. Er starb, als Sidonie noch im Stande war, um ihn zu trauern. Sie war jung, unfertig und hatte in ihm ein Ideal gefunden. Nach der Trauerzeit wurde sie reifer, las viel, dachte nach, dichtete, malte; da schwand auch die Erinnerung an ihren Gatten. Sie fand, daß er nicht Eigenschaften besaß, die sie dauernd würden glücklich gemacht haben. Sie sagte sich im Stillen, daß er im Grunde unbedeutend gewesen war: und das genügte, ihr das Gedächtniß an ihn auf immer zu vertreiben. Sie hatte sich durch Talent und Lebenstakt so über die Menge erhoben, daß sie sich durch Verbindung mit etwas Gewöhnlichem nur wieder in die große Masse der Alltäglichen würde hinuntergestoßen gefühlt haben. Sie sprach diese Stimmung auch offen aus, in Gedichten und Romanen, die jedoch noch nicht gedruckt waren und in der Gesellschaft nur in sauberen Abschriften circulirten. Ihr Vater wünschte, daß man ihre geistreichen Arbeiten drucken, jedoch nicht verkaufen möchte. Der vornehm gewordene Mann hielt es für eine Profanation des Standes, Bücher herauszugeben, die von jedem gelesen und von jedem – beurtheilt werden dürften. Er wünschte, daß man diese Werke der Baronin von Büren nur auf sauberem Velin gedruckt leihweise erhalten könnte, daß man sie als »gedruckte Manuscripte« hohen Personen verehren, sie an diejenigen gelehrten Gesellschaften, deren Mitglied er war, senden und allenfalls einzelnen hervorragenden Charakteren in der Literatur, in Maroquin gebunden, als Angebinde »vollkommener Hochachtung« zum Geschenk machen könnte. Doch verwarf Sidonie diese und andere Pläne. Sie sagte: Schreiben ist bei mir Krankheit – Druckenlassen wäre vielleicht ein Heilmittel, ist aber ein so gewagtes, daß ich daran, statt gesund zu werden, vielleicht sterben könnte.

Der Vater liebte solche Aeußerungen nicht. Es waren die einzigen, die er von seiner Tochter zu misbilligen den Muth hatte. Glücklicher machte es ihn, wenn sich Sidonie folgendergestalt äußerte: »Wenn eine Frau von Stande drucken läßt, so erregt ihr erstes Werk Staunen, ihr zweites Neid, ihr drittes Feindschaft. Im Grunde kann man auch nur ein gutes Buch schreiben, wenigstens eins nur, in dessen Lobe sich Alle vereinigen. Der Seelenzustand, den man in diesem Werke ausgesprochen hat und der alle Herzen fortriß, erscheint nur einmal wahr, nur einmal geben die Menschen sich die Mühe, ihn für wahr zu halten, nur einmal strengen sie sich an, ihn zu bewundern. Später, wenn sich die Stimmung dieses Buches wiederholt, erklärt man sie für gemacht, und wenn man gar Fortschritte sich erlaubt, wenn man den Muth hat, künstlerisch reifer und vollendeter zu werden, dann kann man keinen Roman herausgeben, dessen Schluß nicht jede Kammerfrau anders gewendet hätte.« Das Entzücken, welches der Commerzienrath über solche Ansichten empfand, wurde nur dadurch wieder gemildert, daß Sidonie ironisch genug war, hinzuzusetzen: »Diese Meinung von Büchern soll freilich nicht hindern, daß ich deren vielleicht ein halbes Dutzend dennoch drucken lasse.«

Das Gespräch der anwesenden Morgenbesuche wurde lebhafter, heitrer. Auch Sidonie ging auf diese Stimmung ein. Der Vater fragte, ob ihr Kopfweh verflogen wäre. Nicht ganz, sagte Sidonie. Und doch suchst du mich zum Lachen zu stimmen? fiel Wallmuth ein.

Damit du im Bild ein freundliches Gesicht machst, bemerkte Sidonie. Ihr Vater hätte sie umarmen mögen. Sein Auge verklärte sich. Er war glücklich, der Vater eines Wesens zu sein, welchem man so sichtlich bemüht schien, Interesse einzuflößen. Der Stolz wuchs, als einer der berühmtesten Bildhauer angemeldet wurde, der vom Hofe berufen war, einige seinem Genie anvertraute Kunstideen auszuführen. Der stolze Künstler, der, wie so viele seiner Kunstgenossen, durch Glück und Auszeichnungen ein großer Herr geworden war und sich ganz in die Hände einiger talentvoller Schüler, die auf seinen Namen arbeiteten, gegeben hatte, wollte nicht unterlassen, einer so berühmten Dilettantin, wie Sidonien von Büren, seine Aufwartung zu machen. Der Bildhauer, er hatte den Titel Geheimrath, sprach mit Bewunderung von dem Gemälde, war aber so sehr schon Weltmann geworden, daß ihn die Orden Wallmuths, er trug selbst ein Band im Knopfloch, länger aufhielten, als man bei der Genialität eines Schülers von Michel Angelo hätte voraussetzen sollen. Er erkundigte sich sehr eifrig, ob jener Stern ein Stern erster oder zweiter Klasse wäre, verweilte lange bei dem Unterschiede der Einfassung des griechischen Erlöserordens von der des portugiesischen Christusordens und sagte dann erst: Ich würde mir ein Vergnügen machen, diesen Kopf zu modelliren, wenn dies nicht hieße, mit einem Gemälde zu wetteifern, das unübertrefflich ist. Während sich das Gespräch des kleinen Cirkels auf die Werke ausbreitete, zu deren Vollendung der große Meister berufen war, sann Wallmuth darüber nach, was er wohl thun könnte, um seinerseits diesen Mann, der ihm und seinem Kinde so Verbindliches gesagt hatte, recht zu ehren. Da die Bildhauer mehr mit dem Tode als mit dem Leben zu thun haben, so fiel ihm die widerliche Störung von heute früh ein und brachte ihn auf einen Vorschlag, den er mit schüchterner Ehrerbietung dem berühmten Künstler zu machen wagte. Schon lange sehe ich mich, sagte er, für das Grab meiner Frau... hier traten ihm die Thränen in die Augen, wirkliche Thränen! Er weinte, – die Versammlung ehrte seinen Schmerz und schlug die Augen nieder. Wallmuth sammelte sich und fuhr fort: Es ist eine düstere Seite im edlen Berufe des Bildhauers, sich soviel mit dem Tode beschäftigen zu müssen. Ich würde mich glücklich schätzen, wenn der Herr Geheimrath mir die Ehre erwiesen über das Grab meiner guten Louise aus carrarischem Marmor... Er stockte wieder. Sidonie mußte ihn ergänzen. Der gute Vater! sagte sie. Er hängt mit innigster Zärtlichkeit an der zu früh verstorbenen guten Mutter. Aber kein Mausoleum für sie allein! Eine Begräbnißhalle für die Familie! – Dabei fixirte sie den Vater. Dies war für den alten Mann zu viel. Er weinte zuletzt besonders deshalb, weil Sidonie *mit* ihm zu sterben gedachte. Der Geheimrath war ebenfalls sehr gerührt und die übrige Gesellschaft gab sich das Wort, diesen schönen Zug edler Herzen, diesen Beweis eines sanften Gemüthes von Seiten des Commerzienrathes heut Abend überall da zu erzählen, wo man gewiß war, daß er beim Whist an den Vorfall würde wieder erinnert werden. Dem Vorfall mit dem armen Grabespfleger von heute früh, der für seinen Rasen, seine Blumen und den erquickenden Thau seiner Gießkanne vielleicht auf ein Jahr mit fünf Thalern zufrieden war, hatte nur die alte Wirthschafterin zugehört und die war taub, nur der Bediente und der war beschränkt. Den Vorfall mit dem Mausoleum, das vielleicht 5000 Thaler kosten konnte, erfuhr die ganze Stadt, ja, da der berühmteste Bildhauer es fertigen sollte, vielleicht die Welt.

Der Geheimrath sagte mit Vergnügen zu und ging. Die Andern folgten. Es war eine Stille eingetreten. Wallmuth bereute es doch, daß er sich so hatte überraschen lassen, er rechnete. Sidonie, die die Schwächen ihres Vaters durch und durch kannte, biß sich ironisch auf die Lippen. Die peinliche Stimmung dauerte eine Weile, dann sprang Harriet, die aus der Turnstunde kam, wild dazwischen. Sie kletterte auf einige Tische, um von einem Schrank herunterzuspringen. Sie kugelte sich auf dem Sopha kopfüber und reckte sich so entsetzlich, daß ihr die Arme knackten. Flegelhaft mußt du nicht werden, sagte der Alte zornig. Er hatte das Bedürfniß, sich über eine unangenehme Empfindung an irgend Etwas auszutoben. Sidonie, der diese Morgensitzungen langweilig zu werden anfingen, bat ihn, seiner Orden wegen, nur noch eine halbe Stunde zu sitzen, und damit er einen Gegenstand fand, seinen Zorn zu kühlen, war der Zufall so günstig, grade in diesem Augenblick einen Brief von Agathen zu bringen. Wie schwer, wie dick, wie lang wieder, sagte der Commerzienrath. Ich sterbe noch an diesen bornirten Briefen. Harriet soll ihn uns vorlesen, sagte Sidonie. Harriet war schwer dazu zu bringen. Aber sie mußte, der Großvater wollt' es. Er wollt' es nicht wegen des Inhalts, der ihn keineswegs zu spannen schien, sondern damit Harriet nach ihren Leibesübungen nun auch wieder ein geistiges Gegengewicht bekam. Glücklicherweise versteht sie den dummen Inhalt nicht, brummte er. Damit setzte er sich wieder in eine Attitüde, Sidonie malte, und Harriet, die wohl wußte, daß ihr wunderlicher Großvater vor der Welt zwar immer nur Zuckerwerk, unter vier Augen aber auch manchmal Ohrfeigen austheilte, las mit stotternder furchtsamer Stimme Agathens Brief.

# 3.

Dieser lautete:

»Theurer Vater, herzliebe Schwester!

Jedesmal, daß ich die Feder ansetze, um an Euch, geliebte Menschen, zu schreiben, scheint es mir ein Verbrechen, daß ich mich in diesem ländlichen Aufenthalte so glücklich fühle. Ich kann aber nicht anders! Ich kann auch diesen ewig blauen Himmel, diese duftenden Gärten nicht kränken, ich muß mit Lobgesängen von ihr reden, dieser Pracht und Herrlichkeit Gottes, ach! von diesem reizenden Schönlinde. Es ist hier auch zu schön! Für mich gewiß, die ich mit weniger Grün, mit weniger Blumen zufrieden wäre. Brauch' ich Berge, brauch' ich solche Thäler? Verdien' ich diesen blauen Spiegel des großen Sees, der sich in seiner majestätischen Größe wiegt und schaukelt und dessen Ufer erst von unzähligen kleinen, oft bunten Kieselsteinen besäet und dann mit Obstbäumen bepflanzt sind, die bald unter der Last ihrer reifenden Früchte seufzen werden. Das solltet Ihr blitzen sehen, wenn man nach einem Regen wieder in die erfrischte Natur hinaustritt und die Sonne darüber wegscheint, über die nassen Kräuter und Gräser, die tropfenden Sträucher und die großen, großen Bäume, denen man recht ansieht, wie wohl ihnen ist nach dieser Erquickung! Ich kann mich nicht satt sehen und denke mir manchmal, wenn ich das Alles mit meiner kranken Brust so recht einsauge – ein besserer Geschmack, als die säuerlichen Molken – das Herz müßte mir springen, weils zu schwer, zu frisch, zu reich für mich ist. Seid nicht bös, daß ich von meinem Uebel rede. Die Molken bekommen mir gut.

Nun kann ich wohl sagen, Ihr edlen Menschen, nun fehlt nur Ihr noch, um mein Glück zu vollenden! Aber Ihr habt wohl noch Schöneres gesehen, wenn es Schöneres geben kann. Vor zwei Jahren waren Eure Briefe aus Italien freilich prächtiger und die aus der großen und wilden Schweiz noch schöner als die aus Italien, aber ich las das damals so still in meinem Stübchen, wo ich nur kleine Resedatöpfchen vor mir hatte und nicht einmal in Sidoniens Garten laufen konnte, weil Ihr Andern den Schlüssel gegeben hattet. Wer weiß, ob jetzt der Zauber noch so groß wäre, wenn ich das hier noch einmal lesen wollte in meiner Geißblattlaube, die sich dicht an einen Hügel lehnt, von dem ich über mir in lustigen Sprüngen eine Quelle hinunterhüpfen höre, die oben aus dem alten Klosterhofe kommt. Oben steht ein altes Kloster, liebe Sidonie. Es ist aber jetzt nicht mehr von Mönchen bewohnt, sondern ein Schulgebäude geworden, wohin die Kinder der ganzen Gegend in die Schule gehen. Die armen Kleinen patschen immer barfuß hinauf den steilen Berg, der oft vom Regen glatt ist. Jedes hat sein Büchelchen unterm Arm und eine Schiefertafel, die es wie sein Leben hütet. Neulich fiel einem seine Tafel entzwei; so bitterlich hab' ich noch nie Einen in der Welt weinen hören. Als unsre gute Mutter starb, haben wir selbst nicht so wehmüthig geweint, wie der kleine Andres über seine zerbrochene Schiefertafel. Ich schenkt' ihm eine neue.«

Als Harriet im Vorlesen des Briefes bis an diese Stelle gekommen war, sagte der Commerzienrath, sichtlich von dem Briefe geärgert: Es ist doch wahr, das Mädchen ist wirklich dumm! Erinnert diese Geschichte nicht an jenen Brief, in dem sie uns über nichts geschrieben hat, als über das angenehme Knirschen, wenn Ziegen Gras fressen? Sidonie lächelte. Die Kleine aber, der die Geschichte vom Andres und der zerbrochenen Schiefertafel gefiel, fuhr fort:

»Von der Klosterschule – sie ist evangelisch, wie die ganze Gegend – muß ich aber, selbst auf Gefahr hin, Euch zu langweilen, noch mehr sagen. Der vordere Eingang ist sehr prächtig und sticht gegen die bescheidene alterthümliche Bauart des Uebrigen sehr ab. Man hat diese Eingangspforte erst in spätern Jahren gebaut. Tritt man hinein, so ist alles dunkel, winklicht, gothisch, bis man wieder in den Kreuzgang kommt, wo die Kinder spielen, Knaben und Mädchen, die, wenn sie ganz klein sind, hier zusammen unterrichtet werden. Was sind die Kinder froh, wenn sie aus den dumpfen Schulstuben kommen! Ich bin schon so bekannt mit ihnen, daß sie mich alle grüßen. Denke dir, Sidonie, ich stehe dann gewöhnlich an der Quelle, die in der Mitte des Kreuzganghofes entspringt und aus einem alten Granitbassin mit einem pausbäckigen Wassergott in der Mitte weiter geführt wird bis hinunter nach Schönlinde. Die Kleinen kommen erhitzt und wollen trinken. Ich hindere es aber und sorge, daß sie sich alle erst abgekühlt haben. Dann erst lass' ich jeden heran. Natürlich trinken sie nicht aus Gläsern oder Bechern, sondern mit der flachen Hand, oder sie legen den Mund ohne Weiteres in den Trog hinein und schlürfen das reine felsenkühle Wasser.«

Und dies schöne Trinkwasser, fiel der Commerzienrath lachend ein, fließt dann wieder nach Schönlinde hinunter? Er lachte so, daß sich seine Orden bewegten. Still, sagte Sidonie, still, Väterchen, ich bin gerade bei der Emaille des kleinen blauen Sterns. Harriet, die sich an diesem Klosterhofe einen Tummelplatz für Turnübungen träumte, fuhr glückselig fort:

»Vergebt, daß ich Euch mit Dingen unterhalte, die mir selbst gedankenlos erscheinen müßten, wenn ich nicht in der Lage wäre, ein Geständniß daran anknüpfen zu müssen, das eine der wichtigsten Beziehungen meines Daseins betrifft.«

Sidonie hielt einen Moment mit der Arbeit inne. Wallmuth horchte hoch auf. Harriet las:

»Ja, geliebter Vater, theure Schwester, nehmt die Anfänge dieser Zeilen für das verlegene Stottern, mit welchem man sich den Weg zu einem Richterstuhle zu bahnen sucht, von dem herab über unser Herz auf Tod und Leben soll geurtheilt werden. Ach, ich hab' es zu umgehen gesucht, habe den Brief in einer Absicht begonnen, mit der ich ihn nicht enden kann, ich kann nicht verschweigen, nicht zurückhalten, was mein tiefstes Innere bewegt. Seid gut und milde in dem Augenblick, da Ihr dieses leset! Seid menschlich, nicht stolz, nicht vornehm – vergebt, daß ich Euch um eine Nachsicht bitte, die Ihr mir Armen ja stets habt angedeihen lassen!«

Was will sie? fragte Wallmuth erstaunt.

»Ich bin,« fuhr Harriet im Lesen fort, »nach Schönlinde gegangen, wie der Herr Hofmedicus von Müller es wollte, meiner Gesundheit wegen. Die Beängstigungen und Beklemmungen meiner Brust haben sich etwas gelindert, aber wohl mehr durch die Landluft, als den Genuß der Molken, den ich jedoch fleißig fortsetze. Was mich dagegen von anderer Seite her beunruhigte, war die sichtliche Verlegenheit, in welche unsern guten alten Eberlin meine wirkliche Ankunft versetzte. Hatte der würdige Mann, aus Dankbarkeit für das Gute, das er als Lehrer der Mutter einst im Haus ihrer Eltern genossen, sich übereilt, indem er uns meine Aufnahme in seine trauliche Pfarrwohnung zusagte, oder war die Nachricht, daß sein

Gottfried von der Universität käme, ihm selber unerwartet, genug, ich gerieth in nicht geringe Verlegenheit, als ich, kaum angekommen und eingerichtet in dem geräumigen Fremdenzimmer der Pfarrwohnung, hörte, daß der junge Eberlin in einem Briefe seine baldige Ankunft gemeldet hatte. Der Vater schien überrascht von diesem Besuche, er hatte ihn nicht erwartet. Gottfried war im Begriff, sich auf der Universität als Doctor zu habilitiren, hatte seinen Plan aber geändert und wollte den Sommer, als Candidat der Theologie, bei seinem Vater zubringen. Nun paßte das freilich nicht recht, daß ich gekommen war. Gottfried, dacht' ich in mir, wird ankommen, sich nach den besten Winkeln und Plätzen seines traulichen Elternhauses umsehen und sich in seinem Frieden, in seinen gelehrten Arbeiten gestört fühlen. Der Pfarrer meinte dagegen, daß ich mich oder Ihr Euch in meinem Namen zu beklagen hättet. Das Haus ist zu klein, sagte er, man wird finden, daß der Anstand verletzt wird, und so wollte er Gottfrieden abschreiben. Ich konnte ja das aber nicht zugeben und so stritten wir, bis eines Abends ein junger Mann die Gitterthür des Vordergartens öffnet und eintritt, während ich gerade Salat für das Nachtessen breche. Es fiel mir gleich auf, daß der Fremde den geheimen Druck kannte, mit dem man die Thür von Innen öffnet, und wie er schüchtern die Mütze zog und Phylax, statt zu bellen, sich winselnd vor ihm krümmte und ordentlich wie mit Freudengeschrei um ihn wedelte und heulte, da wurde mir angst und bange und ich sah erschrocken auf mein Eckzimmerchen, auf das gerade die Abendsonne so golden schien. Der alte Eberlin saß und las am offenen Fenster. Wie er den Hund hört, sieht er hinaus, schlägt das Buch zu und ruft erschrocken: Ach, du mein Gott! Da flog er auch schon heraus, der alte Mann, und lag seinem Sohn in den Armen. Das war auf der Schwelle des Hauses. Ich kniete in der Ferne im Salatbeet und mußte weinen, weil ich dabei an unsere gute selige Mutter dachte.

Auszuziehen braucht' ich aber doch nicht; denn Gottfried hatt' es klug angefangen. Er war schon eine Stunde in Schönlinde, hatte aber sein Quartier beim Schulverweser oben im Kloster genommen, wo es Zimmer die Fülle gab, und der Schulverweser, ein blasser kranker Mann, war Gottfrieds Freund und Schulgenoß und die hatten eine mächtige Freude, daß sie oben zusammen wohnen

konnten. Der alte Eberlin lachte und meinte, sie sollten's nun auch
so lassen.

Jetzt bitt' ich, lieber Vater und liebe Schwester, hört mir ruhig zu.
Gottfried hatte schon von mir gehört gehabt. Daß er mich nicht
stören wollte, gefiel mir. Sein blasser Freund nannte mich oben
immer gnädiges Fräulein und war sehr schüchtern. Gottfried schien
mir aber noch schüchterner, denn er redete gar nichts, außer mit
dem Vater, der nach der ersten Freude des Wiedersehens nicht
mehr so zufrieden mit ihm war wie anfangs. Du verlierst nun wieder einen ganzen Sommer, sagte er ihm, und bringst es in deinem
Leben zu nichts. Gottfried stützte den Kopf in den Arm und sah in
den Teller. Auch schmecken wollt' es ihm nicht. Du solltest Doctor
werden, sagte der Vater, und kommst als Candidat. Zum Prediger
taugst du nichts. Laß mich nächsten Sonntag predigen, antwortete
ganz still der arme Mensch. Der alte Eberlin sagte mürrisch: Wenn
du dich dazu nicht verunreinigt hast! Ich verstand das nicht. Sie
schwiegen. Dann kamen sie auf andere Dinge und sagten sich zuletzt versöhnt gute Nacht.

Ich gehe ängstlich um etwas herum, was ich sagen will und sagen
muß. Aber verschweigen werd' ich nichts. Das war schon vor drei
Wochen, damals, wo ich so verkehrte Briefe schrieb. Gottfrieds Predigt hatte mich verwirrt gemacht. Er sprach so leise, daß die Land-
leute nicht mit ihm zufrieden sein konnten. Ich aber verstand ihn
und begriff Alles, was er sagte, und als er zuletzt betete und zum
Segen kam und den Segen nicht, wie ein ordentlicher Pfarrer, *gab*,
sondern ihn auch auf sich herabflehte und sagte: Der Herr segne *uns*
und behüte *uns*, der Herr lasse sein Antlitz über *uns* leuchten und
sei *uns* gnädig, der Herr hebe sein Angesicht auf *uns* und gebe *uns*
seinen Frieden! – da war ich in Thränen verloren und hätte sterben
mögen. Ich kam nach Hause und wußte nicht wie. Bei Tische konnte ich nicht zu ihm aufsehen. Den ganzen Tag war mirs, als müßt'
ich mich vor ihm verstecken. Den Abend, als er mit mir und dem
kranken Freund am See entlang spazieren ging und sich dann von
mir trennte, dankt' ich ihm für seine Predigt.

Der Schulverweser litt an der Zehrung. Sein Amt ward ihm
schwer und sein Gehülfe verstand wenig. So trat manchmal Gottfried für den armen Freund ein. Wenn ich zum Kloster hinaufstieg,

hört' ich schon seine sanfte Stimme von Ferne; denn die Thüren, die in den Kreuzgang führen, standen auf, weil es sehr heiß war. Ich schlich mich dann über den knisternden rothen Sandsteinboden näher und setzte mich auf einen Schaft der schönen blanken gothischen Säulen, die das Dach des Kreuzganges tragen, nieder. Da lernt' ich, wie man klar und verständig, zutraulich und doch streng mit Kindern umgehen müsse, um von ihnen geliebt zu werden. Einmal kam ich zu nahe, man merkte meine Nähe, ich mußte an die offene Thür gehen. Da standen alle die Kleinen auf und Gottfried lächelte wie beschämt. Die Ehrenbezeigung ängstigte, das Lächeln rührte mich, und doch setzt' ich mich hinten auf die letzte Bank, um zuzuhören. Gottfried war in Verlegenheit. Ich bekam Muth, und um ihm von dem meinigen einzuflößen, sagt' ich, ich will Märchen erzählen. Ich erzählte und seitdem muß ich jeden Nachmittag in den Klosterhof und ein Märchen mitbringen. Einige Kinder küssen mir die Hand, andere schenken mir Büschel von Walderdbeeren und ganz, ganz kleine Bübchen, die kaum sprechen können und nur zur Obhut von ihren im Feld arbeitenden Eltern hierher gegeben werden, pflücken Sternblümchen und bringen sie mir mit verschämter Liebe.

Der alte Eberlin wollte die täglichen Begegnungen mit seinem Sohne stören. Es ging nicht mehr. Eines Abends –«

Sidonie nahm bei dieser Stelle Harriet den Brief ab und schickte die vom Lesen und Turnen hungrige Tochter hinunter zur Haushälterin. Das Portrait war vollendet. Der Vater sah seiner Tochter über Agathens Mittheilungen befremdet an. Diese lächelte fein und fragte den Alten, ob er den Brief zu Ende hören wolle. Wallmuth war im höchsten Grade gespannt und Sidonie fuhr fort:

»Eines Abends, der Vater war zu Bett gegangen, begleitete ich Gottfried, der zum Kloster hinauf wollte, eine kleine Strecke seines Weges. Es war Mondschein im abnehmenden Licht, und Alles still im Oertchen, stiller noch, wenn man hinterrücks den Gartenpfad einschlug und das ganze schlummernde Leben unter sich liegen ließ. Da steht ein großer breitastiger Nußbaum am schmalen Wege und eine alte Steinbank, vielleicht für die Mönche, die zum Kloster hinaufstiegen, ein Ruhesitz, vielleicht Station eines alten Calvarienberges. Gottfried zog mich auf die Bank nieder und legte schüchtern seine Hand in die meinige. Es war so sanft und feierlich in der Natur. Drüben glänzte der See, unter uns im Orte schlugen die Uhren zusammen, ein Paar Bursche jodelten und im Gebüsch dicht vor und um uns leuchteten die Glühkäfer. Meine Hand hatte schon öfter in der seinigen geruht, aber nie so lange, nie so ruhig. Ich sah ihn schon seit Tagen leiden, ich sah, sein Herz bedurfte eines Trostes, eines empfänglichen Gegenherzens, dem er sich vertrauen konnte. Der Vater schien kalt und sonst verstand ihn Niemand, auf der Kanzel nicht, wie viel weniger im vertraulichen Gespräch! Ich wußte nicht, wie ich das nennen sollte, was ihn zu mir zog. Liebe wagt ichs nicht zu nennen; denn ich bin nicht schön, bin leidend, kann Niemand gefallen und habe noch Niemanden gefallen. Ich bin die Tochter eines Mannes, der mich nimmermehr an Gewöhnliches wegwerfen würde, und das Außerordentliche ist nicht gekommen. So ward ich vierundzwanzig Jahre und habe die ersten halb bewußtlosen Träume von Liebe schon hinter mir. Gottfried, sah ich, wollte mir schon seit Tagen von Liebe sprechen, er wagte es nicht. Ich hätte ihm selbst den Muth geben mögen, der ihm zu fehlen schien. Es bekümmerte mich, daß ich ihm soviel Scheu einflößte: ich schämte mich, daß ein so reicher und edler Geist vor mir sich demüthigte und irreredete. Ihn nun hinhalten und mit seinem Herzen zu spielen, kalt erscheinen bei innerer Wärme und ihm das Geständniß seiner edlen Brust erschweren, das schien mir unwürdig und vermessen. Und so straft' ich ihn nicht, als er mich an sich zog und von Liebe sprach. Sein Kuß bebte auf meinem Munde und ich gelobte ihm die Treue, die ich ihm ewig halten werde. Er brachte mich an sein Vaterhaus, ich bracht' ihn wieder an den duftenden Nußbaum, er mich wieder an das Haus und ich ihn wieder an den Baum, bis es eilf schlug. Da schieden wir, aber ich merkte wohl, daß er noch so lange um das Haus hin- und wiederging, bis ich die Fenster schloß und mein Lichtchen löschte.

Das war gestern. Und heute schrieb' ich den besten Menschen mir nicht zu zürnen, wenn ich mich Gottfried Eberlins Verlobte nenne. Guter Vater, Du wirst mir vergeben! Für die Welt, in der meine theure Schwester Sidonie glänzt, bin ich nicht geschaffen. Mutter sagte mir oft, in der Zeit, da sie mich unterm Herzen trug, hätte sie viel weinen müssen. Ach, nun bin ich auch ein so düstrer Schatten geworden, der Euch so oft in Euerm verdienten Glücke, in dem

Lichtäther Eures feineren Daseins stört! Laßt mich ziehen, laßt mich meines Gottfrieds Braut und künftige Gattin sein! Er wird sich seinem Vater entdecken und Vergebung erhalten, wenn ich ihm die Eurige bringen kann. Ich komme nun zurück. Die Wallungen der Brust, die mir diese aufgeregten Tage verursachten, störten den Erfolg der Cur. Laßt mich an Herzen zurückkehren, die mich nicht verdammen! Schämt Euch nicht der künftigen Gattin eines Geistlichen! Gottfried kehrt rasch zur Universität zurück, um die letzte seiner drei Prüfungen zu vollenden. Er schreibt an Dich, geliebter Vater, wenn Du ihm sein willst, was Du mir bist! Ich bete zu Gott, daß er mir die Liebe Eurer Herzen erhält, und nenne mich, bewegter als je, empfundener als je, Eure gehorsame Tochter und treue Schwester

Agathe.«


Von Wallmuths Stirn hatten sich die düstern Furchen verzogen. Er blickte, als Sidonie geendet, diese an und schien an ihrem Auge das Zeichen zu erwarten, wie er sich benehmen sollte. Die Anrede, die Agathe an ihn aus voller Ueberzeugung gerichtet hatte, diese Voraussetzungen, daß er der beste, edelste, zärtlichste aller Väter wäre, rührten ihn und Sidonie, die ihn dafür genug kannte, hätte grausam kalt sein müssen, wenn sie ihm nicht erlaubte, wiederum der Thräne, die aus seinem Auge quoll, freien Lauf zu lassen. Die gute Seele! sagte sie halb theilnehmend, halb mit einer gewissen ironischen Duldung. Wallmuth konnte nun, um sein Weinen zu verbergen, ganz frei lachen, lachte und weinte und sagte dann: sie soll nur kommen! Mag sie ihn nehmen, wenn er eine Pfarre mitbringt. Zu Höherem verstieg sich nie ihr beschränkter Sinn und wenn er Geschick hat, kann man jetzt auch im geistlichen Fache zu einer bedeutenden gesellschaftlichen Stellung kommen.

Eine Hochzeit! sagte Frau von Büren und schlug satirisch verwundert die Hände zusammen. Gottfried Eberlin! setzte sie lachend hinzu, wie kann man sich in einen Menschen verlieben, der Gottfried heißt!

Liebes Kind, sagte der Vater, indem er seinen Hut nahm und Sidonie klingelte, um den Wagen zu bestellen, liebes Kind, in unserm neuen Schwager mußt du dir einen blonden langgeschossenen jungen Menschen denken, mit unbeholfnem Benehmen, wasserblauen Augen, Röcke tragend mit zu kurzer Taille, Beinkleider ohne Sprungriemen, ewig die qualmende Pfeife im Munde, Gottes Wort vom Lande! Was hilfts!

Und Agathe neben ihm, fuhr Sidonie fort, indem sie den Vater hinausbegleitete, Agathe im Gemüsgarten, Salat lesend, die Schulkinder stricken lehrend, die gute Seele! Ich meine doch, man sollte erst Erkundigungen einziehen, ob dieser Gottfried ihrer auch würdig ist. Sie ist so gutmüthig, daß sie im Stande wäre, ihn schon darum zu nehmen, damit sie ihm nicht wehe thut –

Der Vater küßte seine, wie er sie nannte, gefühlvolle und kluge Sidonie, versprach, diese Erkundigungen einzuziehen und stieg die Treppe hinunter. Unten rief er nochmal hinauf: Sidonie, wie hieß er?

Sidonie rief lachend von oben herab: Gottfried!

Beide lachten herzlich. Der Wagen rollte davon.

# 4.

Ein Brief väterlichen Inhalts wurde nach Schönlinde abgesandt, Sidonie legte einen Zettel bei, der im Albumsstyl einen geistreichen Glückswunsch enthielt, und von Agathe erfolgte eine jubelndfrohe Rückantwort, und die Nachricht, daß sie binnen kurzem wieder bei den Ihrigen eintreffen würde. Auch Erkundigungen über den Sohn des Pfarrers wurden eingezogen. Sie lieferten ein unvollständiges, uninteressantes, aber nicht nachtheiliges Resultat. Frau von Büren, die noch immer sich nicht entschließen mochte, etwas von ihren poetischen Arbeiten drucken zu lassen, bemerkte mit feiner Beziehung auf sich selbst: Geistliche und Frauen sind desto besser, je weniger die Welt von ihnen weiß. Die Anwendung dieses bekannten Schiller'schen Spruches auf Theologen durfte allerdings neu genannt werden.

Agathe kam an. Eine etwas baufällige Kalesche, mit Körben und Koffern bepackt, führte sie und einen weiblichen dienstbaren Geist, der sie begleitet hatte, in das väterliche Haus zurück. Man hatte sie daheim so gern, daß ihr von den Hausgenossen alles freudig entgegenkam, sie inniglich bewillkommnete. Sie stieg aus. Eine kleine behende Gestalt, mit dunkelschwarzem Haar, das einem nicht schönen aber feinen Gesichtchen etwas Interessantes gab. Hände, Füße, Alles war außerordentlich schmächtig an ihr. Es war eine jener Gestalten, die wir *oft* sehen müssen, um uns ihre Züge ganz einzuprägen; sie fiel nicht auf, sondern verlor sich in's Allgemeine, wogegen auch die einfache bescheidene Tracht keinen Einspruch zu machen versuchte. Man mußte sie kennen, lang' und sicher kennen, um von ihr auch nur angehalten, geschweige gefesselt zu werden. Dem aber, der sich die Mühe gab, bei und in ihr zu verweilen, dem mußte sie freilich, wenn auch nicht bedeutend, doch lieb und theuer werden.

Sie hatte die Stunde ihrer Ankunft bestimmt angegeben. Doch erwarteten sie weder Vater noch Schwester. Jener ließ sich in der gewohnten Runde seiner Morgenvisiten nicht stören, diese hatte ihre bestimmten Tage, an welchen man sie in der Gallerie des Fürsten vor gewissen berühmten Bildern copirend fand. Dafür erwartete Agathen die ganze Dienerschaft und alle Nachbarn. Sie gab jedem die Hand und wußte jeden nach dem Stand seiner Angelegenheiten, wie sie ihn verlassen hatte, zu befragen. Darin war sie Meisterin, in jedes Kern, in jedes innerste Bedürfnisse zu dringen. Selbst der Canarienvogel in ihrem dunkeln Zimmerchen schien sie zu erkennen und hüpfte behend von Steg zu Steg, als wollt' er seine Freude verrathen... Freilich kam ihr Alles im Hause dumpf vor, die Fenster mußten geöffnet, die niedergelassenen Jalousien aufgezogen werden. Was war sie an Luft gewöhnt! An Luft und Sonne! Die alte Haushälterin hatte Blumen auf ihr Zimmer gestellt, sie standen schon seit gestern und neigten welk ihre Häupter. Man fand sie wohler aussehend und sprach von der Molkenkur. Von ihrer Liebe wußte im Hause freilich noch Niemand.

Die Geschenke, die sie jedem mitbrachte, brannten sie. Sie mußte sie rasch austheilen. Freilich sagte sie, was kann man vom Lande mitbringen? Aber Alle waren zufrieden, die Mägde mit ihren bunten Tüchern, die sie von Dorfhausirern gekauft hatte, die Bedienten mit feingeschnitzten hölzernen Messern und Gabeln, die im Gebirg sehr kunstvoll gefertigt werden, mit schlanken Pfeifenröhren, gestrickten Tabaksbeuteln, und der Sekretair ihres Vaters mit einer Cigarrenspitze aus solchem Agatstein, wie er im Gebirg gefunden wird. Selbst dem Canarienvogel machte sie ein Geschenk mit einem zierlich geschnitzten Holzringe, den sie in den Bauer hängte und auf dem er sich nun wiegen und schaukeln konnte. So war Alles froh und nur der gute Vater fehlte und die gute Schwester saß in der Gallerie und copirte einen Ecce homo von Guido Reni.

Agathe ging in den Garten, in welchem die Treibhäuser die Hauptrolle spielten. Diese Cactus und Camelien sehen ohnehin so vornehm auf uns herab, als wollten sie sagen, daß sie für uns unpoetische Menschen nicht in die Welt gekommen wären! Hier bekam sie keinen andern Gruß, als vom Gärtner, der sie über die frühjährigen Engerlinge und die große Raupenernte unterhielt. Von ihrer Liebe wußte Niemand etwas. Aber der Vater! Das Herz schlug ihr, als sie mit wohlbekanntem Ton seinen Wagen vorrollen hörte. Sie lief was sie konnte durch den Garten und Hof zurück, weil sie ihn noch auf der Treppe zu erwischen hoffte. Aber er war schon in sein Cabinet eingetreten und von diesem scheuchte einmal für allemal ein Verbot zurück. Sie durfte ungerufen es nicht betreten. Mancher Andere durfte hinein, z. B. Frau von Büren; Agathe aber deshalb nicht, weil sie die Gewohnheit hatte, auf Schritt und Tritt zu räumen und sich einigemal hatte beikommen lassen, die geistreiche Unordnung dieses Zimmers weniger auffallend zu machen. Fünf Minuten stand sie zögernd, ob sie klopfen sollte. Der Vater war so eigen! Endlich wagte sie, sich zu räuspern, seine Aufmerksamkeit zu wecken und mit erstickter Stimme nicht weit vom Schlüsselloch zu rufen: Guten Tag, lieber Vater! Da öffnete dieser, in einer Umkleidung begriffen, die Thür und, den Kopf herausgestreckt, lauteten die Begrüßungsworte also: Was machst du denn? Du sollst dich ja anziehen! Frau von Büren erwartet uns ja zu Tisch! Schon halb vier Uhr! Rasch! Rasch! Und nun flog sie auch schon und eilte auf ihr Zimmer, um sich umzukleiden. Sie hatte eine große Freude, daß die Schwester sie so schnell sehen wollte. Das ging – ein Kleidungsstück nach dem andern – Rosa freilich nicht, was ihr die liebste Farbe war, die sie aber niemals tragen durfte, wenn sie mit Frau von Büren zusammen war, da Rosa ein für allemal von ihrer geistreichen Schwester in Beschlag genommen war; aber himmelblau, veilchenblau, erbsengrün, das durfte man ihr nicht nehmen und ihr Mädchen half das Schönste wählen, das Schönste wenigstens von dem, was sie besaß. Nun war es aber auch gleich vier, der Wagen hatte gehalten und auf der Treppe umarmte der Vater mit vieler Innigkeit seine gute Tochter. Sie hätte ihm wenigstens gern noch rasch ihre kleinen Geschenke gezeigt, aber dazu war keine Zeit. Der Vater lebte nur für die Möglichkeit, sich bei seiner ältesten Tochter zu verspäten. Im Wagen hätte er doch von Agathens Liebe sprechen können, aber da hatte er sein Auge immer nur nach der Straße gerichtet, um ja keinen Gruß, den er draußen etwa empfing, unerwiedert zu lassen. Dabei fand er immer noch Zeit, einige Male recht »herzlich« zu sagen: Ich freue mich doch, daß du wieder da bist! Und wie gut du aussiehst! Und Harriet sollst du sehen, sie klettert auf alle Bäume und springt an einer Stange über eine Barriere von vier Fuß Höhe.

Fast kindisch freute sich Agathe auf das trauliche Alleinsein mit den Ihrigen. Bei Tische, dachte sie, wird Alles besprochen werden und ich werde von Ihm reden, von Ihm! Hätte sie ahnen können, daß Frau von Büren schon Gottfrieds Namen lächerlich fand! Mit Schrecken bemerkte sie aber schon beim Empfang, daß die Bedienten ihre bessere Livree trugen und von einem Familienkreise nicht die Rede war. Im Salon oben harrten auch schon einige Künstler und Gelehrte und der Vater flüsterte ihr zu: Wie gut deine Schwester ist! Sie hatte ja heut' ein Diner und war sogleich bereit dich dazu einzuladen! Agathe hätte auch gewiß ihrer Schwester dafür innig gedankt, wenn sie Gelegenheit gehabt hätte, sie sogleich zu umarmen. Sie erschien aber erst nach einer kleinen Weile, in rauschender Schönheit, bezaubernd und effektvoll. Sie rief, ohne im Geringsten der Herren, die sich verbeugten, zu achten: Ach, Agathe! legte ihren schönen Arm mit den langen ihn halb bedeckenden Glaceehandschuhen um die Schulter der Schwester und drückte sie an die weichgebauschten Falten ihres seidenen Brustlatzes. Da sie Rosa trug, war es in der Ordnung, daß sich Agathe nur erbsengrün producirte. Im Bewillkommnen der Herren meldete der Bediente, daß angerichtet wäre. Der durch seine Reisen bekannte Legationsrath von K. führte Agathen zu Tische.

Verspätet kam Harriet gesprungen und fuhr rasch, ohne sich viel um die Anwesenden zu kümmern, mit ihrem Löffel in die schon servirte Suppe. Da sah sie die Tante und, theilnehmender fast als alle, ließ sie die Suppe fahren und herzte erst die Tante. Der Großvater fand das viel zu unmanierlich und empfahl Harriet Sorgfalt für ihre langen Kleiderärmel, die sie bei der Umarmung fast in die Suppe getaucht hätte. So dämpfte die Etikette auch hier wieder die Natur. Und doch wurde Harriet eigens für die Natur erzogen! Sie kam so eben, frisch und rosig, aus der kürzlich errichteten Schwimmschule für junge Damen von Stande. Sidonie bemerkte dies und der Gegenstand des Tischgespräches wurde die Frage, ob es gut wäre, daß Damen schwimmen lernten. Es eröffnet sich mir, sagte der fremde Gast, den Sidonie durch das Diner ehren wollte, ein berühmter Zerrissenheitsdichter, es eröffnet sich mir eine ganz neue Aera für den gesellschaftlichen Roman, wenn ich mir denke, daß künftig nicht mehr von reitenden Indianen, Valentinen und Faustinen, sondern von schwimmenden die Rede sein wird. Wie wir früher die Seeromane hatten, werden wir jetzt die Flußromane bekommen, die Periode einer Literatur, die man vielleicht, im Gegensatz zum Salzwasser des Meeres, die Süßwasserromantik nennen könnte.

Der Legationsrath, der viel gereiste, fiel beistimmend und ergänzend ein: Es sind auch die Seebäder bereits dieser neuen Entwickelung der Literatur entgegengekommen. In Ostende hat die grüne Meereswoge längst erreicht, was einer George Sand unmöglich war. Das Meer hat die Frauen emancipirt. Ich erstaune, daß unsere im Allgemeinen schon auf den Strand gekommene Literatur sich den Strand von Ostende hat entgehen lassen. Ein Roman, der sich beim feuchten Begegnen in den Umarmungen Amphitritens anspinnt, eine Liebe, die sich entzündet, während zwei Wesen den elektrisirenden Schlag einer und derselben heranrollenden Welle abwarten, ist noch nicht erfunden worden.

Wallmuth glaubte es gewissen Rücksichten schuldig zu sein, daß er das Gespräch von Harriets Schwimmstunden auf ihre Leistungen im Turnfache hinlenkte. Der berühmte Bildhauer, der gleichfalls zu den Geladenen gehörte und mit dem größeren Theile seiner Orden gekommen war, bemerkte, daß dies die plastische Seite der neuen Erziehung wäre, und setzte hinzu: Wenn die Schwimmkunst mehr den Maler interessiren muß, da Najaden und Nixen ganz eigentlich in sein Bereich gehören, so sind die turnenden Frauen eine desto größere Ueberraschung für den Bildhauer. Der Sinn für Formenschönheit wird eine angemessenere Pflege finden. Die ursprüngliche Hinneigung zu meiner Kunst, die, wie ich glaube, im Geschmack viel tiefer begründet ist, als der Sinn für Malerei, wird sich nun freier herausstellen, als es bei den störenden früheren Vorurtheilen möglich war. Es gab Zeiten, die ich selbst erlebt habe, wo bei den öffentlichen Kunstausstellungen, die der Malerei und Plastik zu gleicher Zeit gewidmet waren, die Säle der Bildwerke immer leer standen, während man die der Gemälde überfüllt antraf. In Berlin hatte man auch deshalb das Auskunftsmittel getroffen, einen Theil der Gemäldegallerie von dem andern durch den dazwischen gelegenen Saal für die Bildwerke zu trennen, so daß jeder, der den einen Theil besucht hatte, um zum andern zu gelangen, auch gezwungenermaßen einige Aufmerksamkeit den Gegenständen der Plastik widmen mußte. Aber da hätte man sehen sollen, wie die Frauen mit niedergeschlagenen Blicken vorüberhuschten, um nur durch die Bildwerke schnell hindurch wieder hinüber zu trauernden Juden und trauernden Königspaaren zu gelangen. Ich zweifle nicht, daß diese Vorurtheile mit dem Anblicke turnender junger Mädchen und Frauen immer mehr verschwinden werden.

Der fremde Dichter warf einen langen geistreichen Blick auf Harriet und sagte nach einer Pause: Je länger ich dieses liebliche Wesen betrachte, desto schöner gruppirt sich mir schon eine künftige Dichtung, in welcher die liebliche Harriet die Heldin sein müßte. Ich denke mir einen Roman, der in der Herzensentwickelung eines weiblichen Wesens, welches in seiner Jugend schon schwimmen und turnen lernte, unstreitig Alles übertreffen müßte, was wir in dieser modernen Sphäre schon besitzen.

So und in ähnlicher Weise glitt das Gespräch belebt und anregend vorüber. Wie konnte freilich Agathe daran Theil nehmen? Waren das Handgriffe, die aus dem zarten Gesaite ihrer Seele einen Ton hervorbringen konnten? Das Thema dieses Gespräches zu verurtheilen, fiel ihr nicht ein. Nur im Stillen dachte sie bei sich selbst: Ob wohl Gottfried darüber etwas zu sagen wüßte? Sie hing diesem Gedanken so lebhaft nach, daß sie, als Sidonie so gütig war auch einmal an sie eine Frage zu richten, sie überhörte und glühendroth vor Scham wurde, als der Vater mit strengem Blick sie erinnerte, ob sie Sidoniens Frage nicht gehört hätte! Sie sah fragend die Schwester an, diese hatte aber schon einen andern Gegenstand ergriffen und kam auf die Kleinigkeit nicht zurück. Das machte sie doppelt verlegen und zog ihr vom Vater einen Blick zu, der ihr tief durchs Herz fuhr.

Nach Tisch aber ward es besser. Man erhob sich und Frau von Büren hatte es so einzurichten befohlen, daß man den Kaffee im Garten unter einem ausgespannten Zelttuche trank. Um den Herren das Rauchen zu gestatten, hatte sie die Gewohnheit, selbst eine kleine spanische Cigarre anzuzünden, die sie jedoch kaum einen halben Zoll weit ausrauchte. Den Moment, wo ihr das glimmende gelbe Papier ausging, benutzte sie, um sich zu Agathen zu setzen, mit Freundschaft ihre Hand zu ergreifen und zu sagen: Nun, gute Seele, wie geht es dir? Agathe war mit einem Wort, mit dem einen Handdruck ganz in ihrer Gewalt. Sie zog die beiden Hände der Schwester an sich, sah ihr in's schöne Auge und sprach nichts als den glücklichen Seufzer: Ach, Sidonie! Sidonie erhob sich und machte sich etwas in den nächsten Sträuchern zu schaffen, wohin sie Agathen mitzog. Sidonie sprach dort erst noch mancherlei Herzliches, aber doch Gleichgültigeres, dann aber, als sie unbemerkt schienen, sagte sie plötzlich, mit einer lachenden, stark von Ironie gefärbten, aber frauenzimmerlich wohlwollenden Miene: Also, Agathe, du liebst?

Da flammten des armen Mädchens Augen auf. Da ward es licht und hell um sie her, als hätte sie vorher nur Nacht um sich gesehen. Da schlug die Brust vor Seligkeit hoch empor und das Herz zuckte wie in einem Wonnekrampf, an dem man lachend sterben könnte. Sie wollte reden, sie konnte nicht. Sie wollte einen Ton der Freude ausrufen, ihre Stimme erstickte. Sie schlang den Arm um den Hals ihrer Schwester und sank, von einem Baume vor der Gesellschaft geschützt, mit stürmisch hervorquellenden Wehmuthsthränen ihr auf die Brust. Ach, daß es die Schwester war, die nach Ihm fragen konnte, nach Ihm, den sie liebte, so innig, so zart, bescheiden! Sie schluchzte nur noch mehr, je mehr es sie drängte zu reden und die Worte ihr nicht kommen wollten. Sie bedeckte die herzliche Sidonie mit Küssen, küßte ihre Hand, nannte sie mit allen Schmeichelnamen der zärtlichsten Schwesterliebe und raffte sich dann von diesem vernichteten, aufgelösten Zustande zur Fassung durch Lachen empor, künstliches Lachen, das bald natürliches wurde und ihrer Schwester das größte Vergnügen machte. Du sollst von Ihm hören, sagte Agathe in stürmischer Eile, sollst Ihn sehen! Er ist zur Universität zurückgekehrt, um seine letzten Prüfungen zu bestehen, er ist siebenundzwanzig Jahre, nicht groß, und engelgut. Daß er nur dem Vater gefällt, daß er dir gefällt! Und so jubelte sie in *einem* Entzücken fort. Sidonie mußte sie nur beruhigen, weil ihr Zustand jetzt zu auffallend mit ihrer Schweigsamkeit bei Tische contrastirte und sie doch Beide zur Gesellschaft zurückkehren mußten. Wer auch nicht tief sah, mußte doch bemerken, daß in dem stillen Mädchen eine Aenderung vorsichgegangen war. Sie kümmerte sich um die Servirung des Kaffees, befahl, daß man den Herren Aschenbecher brächte, hüpfte mit Harriet auf und ab, erzählte ihr von dem kleinen Andres aus der Klosterschule und war auch nicht im Mindesten verstimmt, nicht im Mindesten gekränkt, als der Vater nach der Uhr sah und bemerkte, es wäre Zeit zum Theater. Er hatte eine Loge genommen, um das Debüt einer berühmten Sängerin zu hören. Vier Plätze waren nur da. Zwei für den Vater und Sidonien, zwei bot er dem Legationsrath und dem Geheimrath an. Der Zerrissenheitsdichter war ihm zu modern und noch nicht vornehm genug. Etwas anders wär' es gewesen, wenn dieser Dichter schon den Hoftitel gehabt hätte. Dieser empfahl sich, Harriet mußte englische Stunde nehmen, die vier Inhaber der Loge fuhren in die Oper und Agathe wanderte allein, verlassen, zu Fuß, aber glücklich und ohne Groll, ohne Bitterkeit, umklungen vom Echo der Frage: Also du liebst? nach Hause.

# 5.

Am folgenden Morgen wußte Agathe nun wohl, daß sie mit ihrem Vater eine große Unterredung würde zu bestehen haben. Der Tag ließ sich schon ganz feierlich an. Der Vater stand früher als gewöhnlich auf und blieb länger allein, als er sonst ertragen konnte. Wahrscheinlich schrieb er sich einige Punkte der Rede, die er Agathen zu halten gedachte, auf. Er war in seinen Auseinandersetzungen immer ein umständlicher und wunderlicher Mann. Agathe wußte, wie sehr er ihre gute Mutter mit seinen professorischen Anfällen gequält hatte, wie kränkend der armen, zuletzt leidenden Frau seine Frühpredigten und Mittagsunterhaltungen gewesen waren. Etwas, was er ihr leichthin, mit wenigen Worten und darum doch ebenso nachdrücklich hätte sagen können, sagte er ihr immer wie ein Bruder Redner, wie ein Meister vom Stuhl. Ja, er hatte die Gewohnheit, wenn er über gewisse Fragen recht bedenklich erscheinen wollte, seine Ansichten, die jedoch meist immer Befehle waren, niederzuschreiben, das Papier als Brief zusammenzuschlagen und sie auf den Schreibtisch seiner Gattin legen zu lassen. Die arme Frau hatte einen tödtlichen Schreck, wenn sie eine solche Depesche mit der Aufschrift: An meine Frau! auf ihrem Tische liegen sah. Mit bebender Angst öffnete sie dann immer und lief sogleich zu Wallmuth hinüber, um mit Thränen ihm Alles einzuräumen, was sein Begehren war. Das Monatsgeld, welches er ihr verabfolgte, wickelte er immer in geschriebene Klagen ein, in Vorwürfe über die Ausgaben der Wirthschaft, und oft waren es die Kinder selbst, die in ihrer Schürze der Mutter diese wirklichen Schmerzensgelder hinübertragen mußten.

Trotz dieser Erinnerungen flammte es freudig in Agathen auf, als es hieß, das Fräulein sollte zum Commerzienrath hinüberkommen. Schüchtern trat Agathe bei dem strengen Pedanten ein. Er stand von seinem Lehnstuhl auf, nahm bald die goldene Dose, bald sein seidenes Taschentuch, um damit zu spielen, und fing erst von Kleinigkeiten an, die Agathe beklommen beantwortete. Dann stellte er sich, wie es Redner, die der Anblick ihrer Zuhörer stört, gern hätten, wenn sie ihre Augen schließen dürften, an das Fenster und sprach, indem er zur Straße hinuntersah, Folgendes:

Meine Antwort auf einen deiner letzten Briefe, liebes Kind, hat dir schon zeigen können, daß mein weiches Gemüth deinem Glücke nichts in den Weg legen will. Indessen erheischt die Wichtigkeit der Angelegenheit, daß dabei doch noch manche Punkte von meiner väterlichen Fürsorge erwogen werden. Ein Herz, wie das meinige –

Hier machte eine Anmeldung, die sich Jacob, der Bediente, erlaubte, eine unangenehme Störung. Der unterbrochene Redner verwies jedes Wiederbetreten der Schwelle, bis er selbst klingeln würde. Jacob zog sich zurück, aber der Commerzienrath hätte den Faden seiner Rede sicher verloren, wenn er in solchen Verlegenheiten nicht immer bei sich selbst ihn wieder angeknüpft hätte, und diesmal fand er ihn gerade wieder bei seinem guten Herzen. Ein Herz, wie das meinige, sagte er, will nur das Wohl seiner Kinder. Mein Leben floß nicht immer heiter dahin. Zwar war irdische Sorge, Sorge um des Lebens irdische Güter mir fremd; denn mein Vater hinterließ mir ein wohlgeordnetes Geschäftswesen, eine völlige Freiheit von der trüben Nothwendigkeit, an meinen Erwerb selbst Hand anzulegen. Ich bekam früh von ihm die Aufgabe, nur den Glanz seines Hauses zu mehren und durch den Duft einer feineren Bildung, den Duft jener Farben-, Leder- und Gewürzstoffe zu verscheuchen, welche die Grundlage unseres geschäftlichen Wohlstandes waren. Deine Mutter, ach, ob sie meinen vielleicht geringen Werth zu schätzen verstand?! –

Agathe, von Rührung ergriffen, legte ihren Arm auf seinen Nacken und zeigte ihm das Bild der Verewigten, das über dem Schreibtische hing. Wallmuth, der den feinsten Takt für die Momente hatte, wo die Welt es liebt, daß die Herzen aufthauen, Wallmuth sah das Bild mit feuchten Augen an, ging an einen Schrank und nahm ein Kästchen heraus, das er behutsam öffnete. Das ist der Schmuck deiner seligen Mutter! Ich schenk ihn dir am Tage, wo du dich vermählst!

Agathe sah mit Wonneschauer diese heiligen Reliquien an. Es fiel ihr nicht ein, daß Sidonie am Tage ihrer Vermählung vom Vater Colliers, Bracelets, Brochen, Diademe erhalten, gegen welche dieser alte Schmuck der Mutter armselig war. Es war der Schmuck ihrer Mutter! Diese Bernsteinkorallen an verblaßten gelbseidenen Bändern aufgezogen, diese plumpgefaßten großmächtigen Rubine mit dicken knolligen Perlen schienen ihr unschätzbare Reichthümer. Ein schwarzes Kreuz, das die Mutter auf der Brust getragen hatte, schien ihr ein Amulet. Wallmuth war zufrieden, daß sich der immer genügsame Sinn seiner Tochter auch jetzt nicht verleugnete.

Nun ging er auf Agathens Wahl über und runzelte nachdenklich die Stirn. Mein Sinn hat nie nach Auszeichnungen gestrebt, sagte er, indem er den Schmuck neben jenes Kästchen stellte, welches seine Orden enthielt, und wieder zuschloß, nie hab' ich äußere Vorzüge über den innern Menschenwerth setzen mögen; allein die Nachricht, daß du mir einen völlig unbekannten, eben von der Universität kommenden, noch dazu nicht ganz jungen Mann zu deinem Geliebten machen kannst, hat mich denn doch überrascht. Der Umstand, daß dieser Mann fünf Jahre über seine Universitätszeit hinaus zwecklos an dem Musensitze oder sonstwo verweilen konnte, erscheint mir sehr bedenklich für seine geistigen Fähigkeiten und nur der Zufall, daß Gottfried der Sohn des würdigen Eberlin ist, an dem deine Mutter schon mit kindlicher Verehrung hing, kann mich mit dem, was gegen ihn spricht, aussöhnen. Ich habe mich über Gottfried erkundigt und erfahren, daß er nach vielem Hin- und Herstudiren und verkehrten nichtssagenden Experimenten zu dem Plane, Geistlicher zu werden, zurückgekehrt ist, und das hör' ich gern, besonders deinetwegen! Laß keine unangenehme Erinnerung diese Stunde trüben, Agathe; allein das steht zwischen meiner Wahrheitsliebe und deiner Bescheidenheit fest, daß der Himmel, wie Sidonie einmal in einem ihrer Gedichte von *sich* sagt, *deinem* Geiste keine Adlerschwingen gegeben hat. Ich kann mir denken, daß du als die Gattin eines Geistlichen deinen Beruf erfüllst. Auch würde die Landluft deiner Gesundheit wohlthun.

Agathe küßte dem Vater die Hand. Er wollte es aber abwehren, weil er, wie er sagte, noch Bedingungen zu machen hatte, die Agathen nicht erfreulich sein würden. Wann denkst du, daß Ihr Euch verheirathen werdet?

Verheirathen? sagte Agathe. Sie dachte erst an die Liebe, noch nicht an die Ehe. Sie wurde roth, dies Verheirathen lag ihr so fern, war so wenig in den Gefühlen, die sie jetzt bestürmten, ausgesprochen. Der Vater erwartete aber eine Antwort und so sagte sie beklommen: Wenn Gottfried ein Amt hat.

Ich glaube, fiel Wallmuth ein, für ein Amt gutsagen zu können – wenn dein Verlobter die letzten Prüfungen bestanden hat. Wie konnt' er sich diesen überhaupt so lange entziehen! Genug, Agathe, du siehst, daß ich Alles thue, was ein liebender Vater nur vermag. Nur gestatte mir zur Sicherheit deines durch junge Leute nur zu bald gefährdeten Rufes folgende Anordnungen zu treffen: Gottfried wird, wenn er seine Prüfung bestanden hat, ein halbes Jahr auf Reisen gehen. Ich halte dies für nöthig, weil mir ein Mensch, der nicht wenigstens einen Theil der gebildeten Welt gesehen hat, stets die Empfindung macht, als müßt' ihn etwas aus seinem häuslichen Leben hinausdrängen, als würd' ihm durch seine bürgerlichen Pflichten ein Genuß vorenthalten, den Manche vielleicht nie erreichen und darum auch ewig grämeln und namentlich in der Einsamkeit des Landlebens Hypochonder sind. Während dieser Reise schreibst du an Gottfried so viel du willst, jedoch offen, durch mich, als Einlage für die Briefe, die ich selbst an ihn richten werde. Ebenso werden die an dich gerichteten Briefe offen durch *meine* Hand gehen.

Agathe stand wie vom Donner gerührt. Es regte sich in ihrem duldenden Gemüthe fast etwas wie Einspruch, wie Widerstand. Als aber der Vater die Schatulle öffnete und eine Rolle mit dreihundert Dukaten herauszog mit dem Bemerken, daß er diese Summe seinem künftigen Schwiegersohne zum Behufe jener Bildungsreise zu schenken beabsichtige, erstarrte sie so vor Schreck über diese an ihrem Vater, ihr gegenüber, wunderbar seltene Großmuth, über diese zwar aller Welt bekannte, ihr jedoch noch nie erwiesene Freigebigkeit, daß sie sich an seine Brust warf und ihren Dank mit Worten aussprach, die in ihrer schluchzenden Stimme erstickten. Wallmuth hielt immer Stand, wenn man ihn in einem großen und blendenden Lichte betrachten konnte. So dazustehen, im Widerschein einer großen That, angeleuchtet vom Verklärungsschimmer einer edeln Handlung; er war Meister in diesen Attitüden. Auch verstand er bei solchen Momenten passend abzubrechen, ihren Effekt nicht durch Alltäglichkeiten wieder zu vernichten. Mit einer sanften Handbewegung entließ er Agathen, die mehr schwebend, als gehend in ihr Zimmer zurückkehrte.

So hatte sie denn nun das, was ihr so viel Furcht und Beklommenheit eingeflößt hatte, hinter sich. Sie hatte des Vaters, wenn auch sehr bedingte doch wiederholt zusagende Beistimmung und fühlte sich besonders glücklich in dem Gedanken, daß Gottfried durch sie nun schon etwas höchst Erfreuliches gewonnen hatte, die Aussicht und die Mittel zu einer Reise, die ihn zwar örtlich von ihr entfernen, ihn aber geistig ihr nur näher bringen konnte. Denn was würde sie nun von ihm noch Alles hören, erfahren und lernen können, sagte sie sich und gedachte mit Wehmuth, daß sie ihm und er ihr nur schreiben sollten in gestörter Vertraulichkeit, im beklemmenden Dreibunde mit dem Vater oder gar mit der Schwester, die nun Alles prüfen und bekritteln würden, was sie beide Liebende sich zu sagen hätten! In einem Briefe, den sie nach der Unterredung sogleich an ihren fernen Geliebten aufsetzte, sprach sie auch unverhohlen, obgleich in mildester Form, die Betrübniß aus, ihm noch nicht ganz so gehören zu können, wie sie sich's in Schönlinde unter dem Nußbaum gedacht hätten! Auch von der Reise sprach sie und der dreihundert Dukaten that sie so zart als möglich, aber doch tröstend und nicht ohne einen kleinen geschmeichelten Stolz Erwähnung. Der Vater las diesen Brief, gab ihm in den Hauptsachen seine allerhöchste Billigung und sandte ihn, mit seinem Petschaft versiegelt, zur Post.

Im Uebrigen entrollte sich für Agathen nun wieder der Kreislauf ihrer alten Pflichten. Sie war des Hauswesens vielbeschäftigte Leiterin. Ein großer Korb mit Schlüsseln war ihr Scepter. Aus diesem wurde bald diese bald jene Vorrathskammer geöffnet. Es hatte sich so Vieles aufgehäuft, was jetzt durch ihre Rückkunft erledigt werden mußte. Auch Sidoniens Wäsche wurde in den großen Waschkellern des väterlichen Hauses besorgt. Agathe war es, die der Schwester zu ihren gelehrten Diners die weißen Tischtücher und Servietten lieferte. Gab der Vater selbst Gesellschaft, so hatte sie ihre Noth. Es wandelte sie immer förmlich ein Schwindel an, wenn es hieß, ich will heute einige Gäste sehen. Denn es war schwer, richtiger gesagt, unmöglich, seine Anforderungen zu befriedigen. Agathe saß natürlich an der Tafel, sollte auch mitsprechen, aber ihre Gedanken durften dabei nur in der Küche, im Vorzimmer sein. Aufzustehen und selbst nachzusehen wäre unpassend gewesen und doch zitterte sie bei der kleinsten Lücke, die sich bemerkbar machte, bei der kürzesten Pause, die einmal eintreten konnte. Der Vater war im Gespräch mit seinen Gästen ganz Liebenswürdigkeit, ganz Gemüth und Großmuth; sie wußte aber nur zu gut, daß er seine Rolle wie ein Künstler spielte. Sie empfand diese jeweiligen finstern Blicke, die mitten in einer pikanten Anekdote, die er vortrug, zu ihr hinüberschossen und sie tief durchbohrten. Die Gesellschaft trennte sich immer auf das Angenehmste angeregt und Niemand ahnte, wie schwierig es war, eine solche Anregung zu veranstalten. Niemand wußte, daß am Tisch ein Wesen saß, das mitten in den Scherzen, mitten in dem heitern Lachen zitterte. Niemand wußte, daß, nachdem der Kaffee genommen war, über dies Haus, über diese Säle eine plötzliche Todtenstille kam und derselbe Mensch, der eben die Gefälligkeit und urbane Weltlaune selbst war, wie im Handumwenden abstoßend, bitter und verletzend sein konnte. War Alles gut und recht? fragte Agathe schüchtern den plötzlich mislaunigen Mann. Selten, daß er nichts zu tadeln gefunden hätte, selten, daß er, während er sich noch die Zähne stocherte, seinem Kinde ein Wort der Ermunterung in jenem Tone gesagt hätte, mit welchem er eben erst seine Gesellschaft bezaubert hatte. Wenn auch Alles tadellos von Statten gegangen war, eines konnte ja Agathe doch nicht verhindern, die Schalheit, die nach dem Genusse eintritt, das Gefühl der Uebersättigung, den Zorn, daß man alt wird, die Verzweiflung, daß man von diesem heitern geist- und trüffelreichen Leben doch scheiden müsse, scheiden und wie bald scheiden! Agathe war schon glücklich, wenn der Vater schwieg und er auf die Frage: War Alles gut? die Antwort ganz vermeidend, erwiederte: Ich will in den Club fahren.

Agathe trug mit Engelsgeduld. Sie fühlte kaum das Verletzende. Sie war seit ihrer frühesten Jugend an Zurücksetzung gewöhnt. Ihre Schwester war es, die das ganze Herz der Eltern, auch der Mutter, die Agathe so liebte, besessen hatte. Sidonie verheirathete sich früh und glänzend, glänzte selbst durch ihre Schönheit, ihren Geist, ihre bezaubernde Liebenswürdigkeit. Agathe war klein, nicht schön; gewöhnlich, nicht auffallend. Früh nahm ihre Liebe die dienende Gestalt an, früh beugte sie ihren Nacken unter den Fuß der Tyrannei. Wie hätte sie nicht dienen sollen einer Mutter, die sie anbetete, dienen einem Vater, der so ernst, so wichtig, so gefürchtet war? Betrete nur Einer mit bescheidener Ehrfurcht den Weg der Pflichten und Mühen, die Schlinge ist ihm bald umgeworfen und läßt ihn nicht wieder los. Agathe machte keine Ansprüche, nicht einmal an die Herzen der Ihrigen. Sie war von ihrer Liebe so überzeugt, so sicher, daß sie die Quelle unfreundlicher Behandlung nur in sich, in eigener Mangelhaftigkeit suchte. Sie sah doch, wie sehr sie gegen die Uebrigen zurückblieb, wie konnte sie murren, daß man sie nicht hervorzog? Ihr noch so junges Leben war eine Dornenkette von Zurücksetzungen aller Art. Oeffentlich zwar nie verleugnet, nie vom Vater oder der Schwester mit einer Ungunst behandelt, die der Welt hätte auffallen können, entging ihr doch jede Auszeichnung, jede Freude. Wenn die Schwester im Salon glänzte, mußte sie im Nebenzimmer den Thee machen. Die schlechtesten Plätze im Wagen, im Theater waren immer auch die ihrigen. Oft war bei Landpartien die Zahl der Mitfahrenden so übel ausgerechnet, daß nothwendig Einer zurückbleiben mußte. Wer blieb zurück? Agathe. Und sie murrte nicht einmal darüber. Sie fand das in der Ordnung, ja an den Triumphen ihrer Schwester hatte sie ihr eignes Vergnügen. Sie half sie schmücken, sie entsagte Einladungen, wenn sie die Zeit nicht finden konnte, außer ihrer Schwester sich selbst zu putzen. Agathe hatte trotz ihrer leidenden Gestalt, trotz ihrer schwachen Brust eine melodische Stimme und viel Gehör für die Musik. Da Sidonien beides fehlte, so wurde auch Agathens Talent unterdrückt. Es hätte das ihren Uebungen zu viel Effekt für die Nachbarschaft, ihren Leistungen im Salon zuviel Widerschein auf sie selbst gegeben. Und das Alles geschah wirklich nicht absichtlich. Wahrlich nein, es geschah nicht absichtlich. Niemand wollte sie kränken, Sidonie liebkoste sie sogar, wenn sie allein waren; von selbst verstand sich das Alles, von selbst! Es war wie bei den Rollenaustheilungen, wenn Sidonie im Winter dramatische Leseabende veranstaltete. Die ganze Gesellschaft würde gelacht haben, wenn man Hamlet las und Einer sich hätte einfallen lassen, die Rolle der Ophelia Agathen zuzutheilen. Ophelia konnte nur Frau von Büren sein, obgleich diese Frau bei all ihrem Geist, all ihrer Genialität, all ihrem poetischen Vermögen die Rolle der Ophelia lange nicht so vollkommen las, wie sie vielleicht die einfache, geknickte Agathe mit ihrer kindlichen Stimme würde gelesen haben. Diese bekam immer nur Pagen, Kammerfrauen oder mußte, wenn das männliche Personal nicht ausreichte, sich zur Aushülfe für Verschworne und Mörder im Trauerspiel oder Bediente und Bauernbursche im Lustspiel hergeben, wo sie denn statt Beifall natürlich nur Lachen ernten konnte.

Alle diese Verhältnisse hatten seit Agathens Rückkehr von Schönlinde nicht etwa aufgehört, sondern blieben, wie sie waren. Ihre
Liebe konnte am wenigsten dazu beitragen, ihre Stellung zu heben.
Im Gegentheil drückte dies unebenbürtige Verhältniß sie nur noch
mehr herab. Sie hatte sich mit einem Geliebten, der Gottfried hieß,
die letzte Anlehnung an ihre Geburt, ihre Erziehung und Ver-
wandtschaft genommen. Sie hatte sich in dieser Neigung förmlich
die Sphäre selbst angewiesen, welcher sie anzugehören wünschte.
Und trotz dieser ironischen Nachfrage ihrer Schwester, trotz dieses
ewigen Selbstlobes ihres Vaters, der sich durch die Duldung einer
solchen Neigung Wunder wie großer Philosoph dünkte, trotz dieser
Nichtachtung ihres Juwels, schloß sie ihn tief in ihr Herz ein und
bewahrte ihm eine heilige, treue Liebe. Sie gab Alles auf, Eines besaß sie, dieses Herz eines Mannes. Man mochte ihr nehmen Ehre,
Auszeichnung, Freude, was war das Alles gegen das, was sie besaß!
Fast stolz trug sie ihr demüthiges Haupt und dünkte sich groß in
ihrer Erniedrigung.

Wie entsetzt mußte sie daher sein, als eines frühen Morgens ihr
Vater, noch in Schlafrock und Pantoffeln, in ihr Zimmer trat! Dun-
kelroth vor Zorn streckte er ihr einen offenen Brief entgegen, den er
zerknickt in der beringten Hand hielt. Dieser Elende! war Alles, was
er im ersten Ausbruch seines Zornes sagen konnte. Agathe, von
einer schrecklichen Ahnung ergriffen, nahm den Brief. Er war von
Gottfried. Unfähig, ihn zu lesen, eingedenk des väterlichen Verbo-
tes, blickte sie den entrüsteten Mann starr an und erwartete in bebender Todesangst, blaß und wesenlos, was die Ursache dieses
entsetzlichen Zornes wäre. Das zu wagen, schrie Wallmuth, das zu
wagen! Mir gegenüber! Diese Schamlosigkeit! Ein Bettler mir diesen
Trotz! Ein Nichts, das sich aufbläht wider mich, wider mich! Unter
Agathen wankte der Boden, sie wußte nicht, woran sie sich halten
sollte, und wankte mit dem Ausrufe des kläglichsten, mitleidswür-
digsten Schmerzes auf den Sessel. Lies, was er schreibt! sagte Wallmuth. Da aber Agathe sich kaum zu sammeln vermochte, polterte
er den Inhalt des Briefes mit den Worten heraus: Vorwürfe macht er
dir, daß du eine Liebe so entweihen und sie nur durch dritte Hand
könntest pflegen wollen, Vorwürfe mir, daß ich mich zum Vertrau-
ten eines Bundes aufwürfe, den ich ja gebilligt hätte und den die
Mitwissenschaft eines Dritten nur zu einer unwahren Komödie

herabwürdigen könne! Den Vorschlag einer Reise weist er von der Hand, weil ihn die Welt nur zerstreuen würde, und selbst wenn er reiste, schließt er, würd' er doch lieber zu Fuß wandern, als mit einem Stipendium, das er sich nicht selbst verdient hätte! Agathe fand blitzschnell heraus, daß es hier für *sie* nichts zu fürchten gab, sie sah nur den Vater, den jetzt kreideweiß vor Ingrimm sich färbenden stolzen Mann, der nie gewohnt war, in seinen allerhöchsten Anordnungen sich stören zu lassen, der allenfalls im äußersten Falle da Widerspruch ertragen konnte, wo er von Andern etwas forderte, da aber, wo er gab und den edeln Mann entwickelte, verletzt worden zu sein, nimmermehr vergeben konnte. Wie er so stand und sie mit Basiliskenblick durchbohrte, fiel sie vor ihm zu Füßen und flehte um Nachsicht, um Schonung, um Vergebung. Wer ist denn dieser Mensch, war die vernichtende Antwort, daß er sich gegen einen Mann aufzulehnen wagt, der sich so tief herabgelassen hat, wie ich mich gegen ihn? Das der Dank für meine unendliche Liebe und Güte, für ein Vaterherz wie das meinige, für eine Handlung, die in der Gesellschaft ihres Gleichen sucht? Agathe bot Alles auf, ihn zu beruhigen. Ihre Zunge beflügelte sich. Sie versprach, dem Geliebten seinen Irrthum vorzuhalten, sie bedeckte die Hände des verletzten Mannes mit Küssen, mit Thränen. Alles das war ihm widerlich. Er stieß sie von sich. Er zerriß den Brief und warf die Fetzen auf die Erde, zertrat sie und schied mit den Worten: Die kleinste Zeile, die du ihm ohne mein Wissen zukommen zu lassen wagst, ist dein Unglück, dein Verderben!

Die Thür war zugeworfen. Agathe war allein, auf den Knien, in Verzweiflung die Hände ringend. Sie war wie ohnmächtig. Sie verstand das nicht. Das konnte sie nicht geduldig hinnehmen, das mußte erklärt, zusammengesetzt, das mußte erst ganz verstanden werden, um es nur tragen zu können. Sie erhob sich nur langsam, besann sich und stöhnte sich in Seufzern aus, die erst nach und nach in milden Thränen sich beruhigten. Es war ein endloses Weinen, wie milder Mairegen. Lange, lange währte das. Es war soviel, was aus der Erinnerung in diese Schmerzen hineinströmte. Sie sah nun doch, daß sie unglücklich war. Sie fühlte es tief und unheilbar. Die Fetzen des Briefes lagen auf der Erde. Sie sammelte sie und versuchte, sie zusammenzusetzen. Sie konnte deutlich lesen, was den Vater so empört hatte. Wohl hatte er geschrieben, was sie schon hören mußte. Offene Briefe an eine Geliebte, sagte der junge Mann, sind Diogeneslaternen am Tage! Die dreihundert Dukaten hatten ihn wirklich verletzt. Sie sann darüber nach und konnte seine Stimmung nicht ganz begreifen. Sie war zu sehr daran gewöhnt, die großmüthigen Regungen ihres Vaters zu bewundern, sie fand im Grunde doch auch in dem Befehl, daß der Briefwechsel durch den Vater sollte geführt werden, nichts als das Privilegium väterlicher Macht und Würde. Daß Wallmuth etwas Anderes dabei bezweckte, ahnte sie nicht. Sie war nicht scharfsichtig genug, die eitle Natur ihres Vaters ganz zu durchschauen und in jenem Befehle die eigentliche, im unverbesserlichen Egoismus entspringende Quelle zu entdecken. Bei allem dabei sein, bei allem der Mittelpunkt, in jeder Gruppe die Hauptperson spielen, das war die Rolle, die er immer haben wollte. Durch ihn, mit ihm, von ihm – Alles. Ohne ihn aber Nichts! Eine solche Natur zu ergründen lag Agathen fern. Sie sah nur Liebe in seinen Handlungen, väterliche Fürsorge in seinen Befehlen und hätte auch nimmer gewagt, dagegen irgend einen Einspruch zu thun.

Die lieben Schriftzüge in der Briefmosaik, die vor ihr lag, sprachen sie so traulich an. Wie gern hätte sie geantwortet! Wie gern den Geliebten von seinem Irrthum, wie gern ihn von seinem verletzten Ehrgeize zurückgebracht! Es war ihr verboten worden. Es regte sich ein Eva-Gelüsten in ihr. Sie dachte, wenn ich ihm nun doch schriebe, und wie sie's gedacht hatte, setzte sie sich hin, schrieb einen langen rührenden Brief voll Versöhnung und guter freundlicher Zurede; aber den Brief abschicken? Das wagte sie nicht. Aber zum Vater ging sie damit und zeigte ihm diese Antwort. Er las sie, verzog dabei nicht eine Miene und zerriß auch diese Antwort. Ich allein werde antworten, sagte er kalt und indem er ihr wiederholt das Verbot, in irgend einer Art sich mit Gottfried in Verbindung zu setzen, einschärfte, wies er sie aus seinem Zimmer.

Agathe verlebte nun Tage des tiefsten Elends. Ihrer Schwester sich zu entdecken, wagte sie nicht; denn sie war gewohnt, in Dingen, die ihren Vater ganz in Anspruch nahmen, keinen Schritt vor- oder rückwärts zu thun. Seit Jahren hatte Wallmuth seine Familie gewöhnt, sich in solchen Haupt- und Staatsactionen nicht zu rücken und zu rühren, sondern Alles, was dabei zu thun oder zu lassen war, seiner Weisheit anheimzustellen. Auch sah sie die Schwester seltener als je. Es schien ihr, als hätte auch sie ihre Leiden, Leiden anderer, höherer Natur. So weit sie sich in Sidonien vertiefen konnte, merkte sie wohl, daß auch diese sich nicht glücklich fühlte; wahrscheinlich, weil sie zu glücklich war oder in dem Gewühl von Zerstreuung sich gelangweilt, unter ihren zahllosen Bekanntschaften sich einsam, unter den auffallendsten Huldigungen sich ohne Liebe fühlte. Und um Agathens Qual zu mehren, ein Tag verging nach dem andern, ohne daß von dem Geliebten eine Nachricht kam. Sie merkt' es dem Vater an, daß auch er ohne Antwort blieb. Wochen vergingen. Sie schlich wie ein Schatten. In ihre Wangen trat wieder zuweilen jene Röthe, die der Hofmedicus durch die mißlungene Molkenkur hatte vertreiben wollen. Oft sagte sie sich: Auch das Letzte, das Letzte hat man mir geraubt! Dann sprang sie aber auf und rief: Nein, das ist nicht möglich, das nicht, ich ertrüg' es nicht!

Ein Monat war vergangen. Keine Kunde von dem Manne, an dem ihr Herz hing. Der Vater, der seinen Zorn, ohne Antwort zu bleiben, nur an ihr auslassen konnte, würdigte sie keines Wortes, keines Blickes mehr. Die Schwester erklärte sich auch für krank und zog sich ganz zurück. Harriet wurde in eine Pension geschickt. Agathe war ein Bild des Leidens und rührte doch Niemanden, da sie sich Niemanden entdecken konnte, ja durch ihre Lage gezwungen war, sich jenen häuslichen Geschäften hinzugeben, welche über das tiefste Elend den Schein einer befriedigten und gleichgültigen Alltäglichkeit lügen können. So nahte der Spätsommer und mit ihm der Todestag ihrer Mutter. Sie wollte das Grab der Verewigten besuchen und dort auf dem grünen Rasen sich einmal von Herzen ausweinen.

Mit Mühe erübrigte sie sich einige Morgenstunden. Aus dem Kunstgarten des Vaters, der an schmerzliche Begebnisse nicht erinnert zu werden wünschte, nahm sie einige Lieblingsblumenstöcke der Mutter mit und setzte sich in einen Fiaker, der sie vors Thor an die Friedhöfe führte. Diese »stillen« Plätze lagen dicht an der großen Heerstraße, waren aber tief genug, um dem Geräusch der Welt doch die liebende Betrachtung und verehrende Erinnerung etwas zu entziehen. Agathe sah mit Wehmuth, daß die Blätter sich schon gelb färbten. Sie gedachte des Frühlings, in dem sie gekeimt waren, dieses einzigen Frühlings, der nun auch für sie sich entfärben sollte.

Sie fühlte einen Schmerz wie noch nie. Langsam stieg sie an der Pforte des Friedhofes aus dem Wagen und ließ sich von dem Kutscher die Blumenstöcke nachgeben, sich von ihm das schwarze, an den Spitzen vergoldete Eisengitter öffnen und trug ihre Bürde selbst den wohlbekannten Weg hinauf bis zur Schlummerstätte der Mutter. Hierher war sie so oft gepilgert in frühern Tagen und hatte ihre stillen Klagen mitgenommen, nicht um sie hier auf dem grünen Hügel niederzulegen und anzubringen – Vorwürfe waren ihr fern – sondern nur, um da, der Mutter näher, gewesen zu sein. Sie kehrte immer so gekräftigt wieder! Ach, sie brauchte jetzt diese Kraft aus der Geisterwelt, sie brauchte diesen Trost von Jenseit, der so sanft erhebt, so lind uns zuruft: Trage, dulde, hoffe! Indem sie so weiter schritt, bot sich ihrem Auge ein sonderbar störender Anblick. Sie war in der Gegend des theuern Grabes und entdeckte einen Wirrwarr von Steinen und Arbeitern. Was sollte der hier? Sie suchte das Grab, sie fand seine Stelle, aber der grüne Hügel war niedergetreten; die Arbeiter hatten ihre Kleider darauf geworfen. O mein Himmel, rief sie, was geschieht hier! Indem erblickte sie auch schon den Todtengräber, der ein wenig weiterhin arbeitete, lüftete sein Käppchen und näherte sich der zum Tod Erschrockenen. O mein Fräulein, sagte der Alte, was sind Sie so lange ausgeblieben! Was hab' ich Sie vermißt, die fleißigste Kirchhofgängerin der Stadt! Ja sehen Sie da! Ihr Herr Vater hat es groß im Sinn mit seiner Seligen! Die Spate des Gärtners verdrängt der Meißel des Steinmetzen. Es wird ein prächtiges Monument geben, aber recht kalt, recht hart!

So wurde jetzt die Idee ausgeführt, von der Wallmuth gleich im ersten Schmerz gesprochen hatte, als er seine Gattin verlor. Jahre waren darüber hingegangen. Nun war das marmorne Mausoleum in Arbeit. Die Unordnung machte ihr einen trostlosen Anblick. Es war ihr, als wären die theuern Gebeine in ihrem Frieden gestört. Sie mußte diesen Anblick fliehen, es preßte ihr das Herz ab, auch hier sich nicht mehr heimisch fühlen zu können. Dieses weiche schwellende Gras war zertreten. Marmorplatten sollten hier künftig von der Geschiedenen reden – auch hier mußte sie sich einsam und arm erscheinen? Traurig nahm sie ihre Blumen und ließ sie auf einem Nachbargrabe stehen. Es war der Hügel eines hoffnungsvollen jungen Mädchens, das der Sturm in der Blüte knickte. Der alte Gärtner sagte ihr's, als er den Almosen in Empfang nahm, den er erst ausschlug, dann aber von ihr nehmen mußte, weil ihre Schuld es ja nicht war, daß das weiche Gras vom Marmor verdrängt wurde.

In Thränen aufgelöst wankte Agathe zur Pforte zurück. Es machte ihr zu großen Schmerz, sich auch von hier verscheucht zu sehen. Diesen Hügel hatte sie so lieb gehabt! Er war ihr ganzes Eigenthum, ihr Asyl, ihre Trostesstätte. Nun war ihr auch das genommen. Es beugte sie zu tief. Es zog sie zu schwer herab. Sie mußte sich halten, um nicht zu sinken, und sank auf eine steinerne Bank, die eine Trauerweide beschattete. Da saß sie wohl eine halbe Stunde und betete still zum Geist ihrer Mutter und bat sie, sie hinüberzunehmen in ihr stilles Reich. Wer sie sah, hätte glauben mögen, sie beweinte einen eben erst begrabenen Todten. Und war ihr nicht eben erst ein frisches, freudiges Leben abgeschieden? Fehlte ihr denn mehr, als nur noch ein schwarzes Trauerkleid? Hier hatte sie Trost gehofft. Sie schied ohne Trost, durchwühlt von einem Schmerz, der ihr die Worte entlockte: Vergebens! Vergebens!

Indeß schweifte ihr Blick in die Weite hinaus. Der Friedhof stieg empor und die Bank, auf der Agathe saß, mußte es möglich machen, daß man von ihr über die niedrige Mauer hinweg auf die Landstraße sehen konnte. Erst verfolgte Agathe die Gegenstände, die sich dort ihrem Blick darboten, gedankenlos. Dann zogen die Markt- und Fuhrleute, die Wanderer und Reiter sie lebhafter an. Das bunte Leben zerstreute sie. Sie konnte die Landstraße bis weit hinunter übersehen. Da fiel ihr in der Ferne ein Strohhut auf mit breitem Rande und einer grünen Schleife daran. Sie hatte in Schönlinde dem Geliebten eine solche Schleife an den Hut genäht. Auch der weiße Staubmantel des fernen Wanderers fiel ihr auf. Er trug grüne Bänder auf den Achseln, wie sie Gottfried auch solche auf sein Reisekleid genäht hatte. Sie stand bewegt auf. Der Wanderer kam immer näher. Gang, Haltung waren ihr so bekannt. Sie mußte sich an einen Denkstein halten, so schwindelten ihr die Sinne. Der Wanderer trug einen leichten Ranzen auf dem Rücken. Das war keine gewöhnliche Erscheinung, kein gewöhnlicher Wanderer. Bald trat er in der Allee licht heraus, bald fielen verdunkelnd die gelben Schatten der Kastanienbäume auf ihn. Nun aber wurde er immer kenntlicher, immer sichtbarer, Agathens Herz pochte, sie sah, sie sah, es war kein Zweifel – der Wanderer war ihr Geliebter – und mit dem Gedanken: die Mutter sendet ihn mir! stürzte sie hinunter, die

leichte Anhöhe, riß das schwere Eisengitter auf und lag in des über-
raschten Fremden zögernden Armen. Der junge Mann war todten-
blaß vor Schreck, entsetzte sich auch über den Hintergrund dieses
Wiedersehens, den Kirchhof, den er an seinen Kreuzen und Hügeln
sogleich erkennen mußte, war aber selbst so bewegt und ergriffen
von Agathens Freude, daß es wohl Secunden währte, bis er sich
sammeln und die stürmischen Fragen der nun nach allem Leid so
überglücklichen Agathe beantworten konnte.

# 6.

Agathe hatte einen unruhigen Tag, eine schlaflose Nacht. Gottfried war in einem bescheidenen kleinen Gasthofe eingekehrt. Sie hätte ihn am liebsten sogleich in das väterliche Haus geführt, hätte ihm die schönsten Prunkgemächer desselben zur Wohnung umgestalten mögen. Unterweges, auf der Heimkehr vom Friedhofe, hatte er ihr in aller Kürze erzählt, daß ihr Vater ihm in schnöden und wegwerfenden Ausdrücken verboten hätte, des Weiteren an eine Verbindung mit seiner Tochter zu denken. Er hätte ihm dabei ein langes moralisches Capitel über die Pflichten der Jugend und die Rechte des Alters gelesen und ihn in der That dahin gebracht, sich vorläufig zum Stillschweigen zu entschließen. Inzwischen wäre seine letzte Prüfung glücklich von Statten gegangen, doch kehre er jetzt nicht als Candidat der Theologie, sondern als Doctor der Philosophie von der Universität heim. Er wäre nun hier, um sich eine Zukunft zu gründen, und sehe das plötzliche Wiederfinden seiner lieben Agathe als ein heiliges und bedeutungsvolles Wahrzeichen an.

Das zu hören, that Agathen wohl, und sie hatte nun nichts Ernsteres für das Leben zu thun, als zwischen dem Vater und Gottfried eine Versöhnung zu stiften. Als sie dicht am väterlichen Hause, ängstlich sich umblickend, schieden, hatte der Geliebte noch dies zu ihr gesagt: Agathe, noch Eines, nennen Sie mich nicht Gottfried! Seitdem ich in Schönlinde predigte und der Gemeinde so unverständlich war, ist ein tiefer Riß durch mein Herz gegangen. Ich fühle mich nicht fähig, für die Verbreitung eines solchen Gottesreiches zu wirken, wie es dieser Welt verständlich, vielleicht auch nützlich und heilsam ist. Zweifel, nagende Zweifel sind über mich gekommen und ich fühle mich durch meinen Namen, der da Frieden in Gott verkündet, beängstigt, ja verhöhnt; mit einem Wort, ich fühle mich nicht wohl in diesem Namen. Agathe sah den theuern Freund erstaunt an und meinte: Wie soll ich Sie aber dann nennen? Er zog ein Portefeuille aus der Brieftasche, öffnete es und gab ihr eine zierliche Visitenkarte, auf welcher sie las: *Ottfried Eberlin*, Doctor der Philosophie. Es war ihr bei dieser Umgestaltung des eignen Namens wunderlich zu Muthe und gern hätte sie bittend und prüfend an seinem Auge verweilt. Es klang ihr sonderbar, als der junge

Mann sagte: Haben wir doch Alle ein zweites Leben oder sollen doch dahin dringen, zum zweiten Male geboren zu werden. Das Eine gibt uns die Welt, das Andere der Geist; im Einen sind wir abhängig, im Andern frei. Jedermann sollte das Recht haben, sich in einem gewissen Alter über seine Stellung zur Gesellschaft, über seinen Stand, seine Religion, ja selbst über seinen Namen zu entscheiden, jeder, der es dahin gebracht hat, sich aus sich selbst zu erzeugen! So hab' ich wenigstens für mich gethan. Ich wollte, ich könnte meinen alten Namen noch mit Freuden tragen. Ich kann es nicht. Liebe Agathe, nennen Sie mich von heute an Ottfried. – Agathen schlug das Herz vor Angst, aber auch vor hoher Verehrung. Der Geliebte schien ihr so unerreichbar groß, indeß sie sich klein vor ihm dünkte. Es war etwas Majestätisches in ihm. Dann besprachen sie noch rasch, wie sie sich durch geheime Botschaften in Verbindung setzen wollten, und trennten sich mit Innigkeit und glücklichem Vertrauen auf die Zukunft.

Die ernsteste und heiligste Aufgabe der wie im Traum wandelnden Agathe war jetzt die, den Vater und Ottfried – gehorsam wie sie war, nannte sie, wenn auch beklommen, den Theuern gleich so, wie er befohlen hatte – auszusöhnen. Eine unmittelbare Vorstellung an den strengen Mann, wußte sie, würde nicht zum Ziele führen. Wie es anstellen? Sie sagte sich, daß es hier nur einen Weg gäbe, den, sich der Schwester zu entdecken. Sie kannte die unwiderstehliche Gewalt, die Sidonie auf den Vater übte, und so schwer es ihr wurde, mit Liebe bei diesem Gedanken zu verweilen, so bannte sie doch in seine Nothwendigkeit die klügere Erwägung. Nur Sidonie kann helfen! Das stand fest bei ihr und ängstlich schrieb sie der Schwester einige Zeilen mit der Bitte, ob sie zu einer ihr sehr wichtigen Angelegenheit morgen in aller Frühe ihren Rath in Anspruch nehmen dürfe. Frau von Büren antwortete sehr verbindlich und schon nach neun Uhr machte sich Agathe zur Schwester auf den Weg.

Sidonie erstaunte über die Anwesenheit des Geliebten, dessen plötzliche Verwandlung in Ottfried sie sonderbar, ja wunderlich, aber originell motivirt fand. Sieh, sieh, sagte sie nachdenkend, als *Ottfried* Eberlin erregt mir dieser Mann ebenso viel Interesse, wie ich ihn als *Gottfried* Eberlin gleichgültig gefunden habe! Sie versprach ihr Möglichstes, bedingte sich aber erst die persönliche Bekanntschaft des Fremden. Man kam überein, daß Ottfried sich noch im Laufe des Tages zwischen drei und vier Uhr bei Frau von Büren sollte anmelden lassen. Agathe, überquellend von Dankbarkeit, küßte der Schwester tausendmal die schönen zarten Hände, schrieb auf dem zierlichen eleganten Schreibtische der Dichterin zwei Worte an Ottfried, die Sidoniens Bedienter in den Gasthof tragen sollte, und eilte dann glückselig und behend wie ein Rehlein nach Hause. Wie schmerzlich ihr Erstaunen, als der Bediente die Rückantwort brachte, Herr Doctor Eberlin bedauerte, um jene Zeit sich versagt zu haben. Auch morgen habe er zur selben Zeit nicht frei, aber wenn es erlaubt wäre, würde er übermorgen etwas früher kommen. Agathe sah darin wirklich Hindernisse und Abhaltungen, Sidonie aber, weltklug wie sie war, schrieb der Schwester: »Gutes Kind, er wird die Ankunft seiner Garderobe abwarten. Also übermorgen.« Durch einige Zeilen wurde sie auch von Ottfried unterrichtet, daß Sidonie recht gerathen hatte.

Ein langer peinlicher Tag war das für Agathen. Sie hatte an ihm von dem Geliebten nichts, als in der Fremdenliste seinen Namen, den der Vater in seiner jetzigen Gestalt nicht kannte, nichts, als beim Vorübergehen vor seinem Gasthofe das Flattern eines Vorhanges an den Fenstern, das sie von ihm bewohnt glaubte. Am Tage, wo er zu Sidonien gehen sollte, schrieb er zur Antwort auf zwei zärtliche Mittheilungen, die er von ihr empfangen hatte, ein Billet voll Freundlichkeit und Hingebung, das sie deshalb sogleich an Sidonie schickte, weil der Schluß lautete: Von Frau von Büren hab' ich so viel Ausgezeichnetes gehört, daß ich mit Spannung dem Augenblick entgegensehe, sie kennen zu lernen.

Sidonie konnte sich nicht verbergen, daß ein Besuch, den man erwartet und erst später zugesagt bekommt, etwas hat, was selbst ohne alles tiefere Interesse einigermaßen beschäftigt. Sie konnte sich nicht verbergen, daß sie auf die Bekanntschaft dieses Mannes gespannt war. Sie sammelte alle Eindrücke, die sie durch dritte Hand nun schon von ihm empfangen hatte. Sein langes, unentschlossenes Verweilen auf der Hochschule, oder in der Gegend derselben, seine Rückkehr ins Vaterhaus, der Eintritt in den Garten (während Agathe Salat schnitt, setzte sie lächelnd hinzu), seine vorhergegangene rücksichtsvolle Wahl einer andern Wohnung, um Agathen nicht zu vertreiben, die etwas gespannte Beziehung zum alten Pfarrer, seinem Vater, die mislingenden Predigtversuche, die gefällige Aushülfe für den kranken Freund in der Schule, die sanfte und ruhige Art der Verständigung mit Agathen, die stolze Antwort auf bevormundende Zumuthungen des Vaters, das Ausschlagen der dargebotenen Summe zu einer Bildungsreise, deren er nicht mehr bedürftig zu sein erklärte, endlich seine merkwürdige Namensänderung, in der Sidonie einen heroischen Willensakt erblickte, Alles das führte sie sich lebhaft wieder vor. Dennoch bei allen diesen günstigen Vorbedeutungen konnte sie die erste Vorstellung, die sie von dem Gottfried gefaßt hatte, nicht aufgeben, die Vorstellung von einem hagern, blonden Candidaten der Theologie. Geistreiche Leute sind träge. Ihr erster Einfall bleibt ihnen der liebste.

Endlich wurde Ottfried gemeldet. Frau von Büren, um den Eindruck zu erhöhen, ließ ihn in den Salon des mittlern Stockwerks verweisen, wo sie ihn zu empfangen gedachte. Als sie selbst von ihren Zimmern hinunterstieg, erstaunte sie über das Rauschen ihrer seidenen Gewänder auf der Treppe. Sie hatte sich fast bewußtlos gewählter als sonst gekleidet. Wie sie eintrat und der Fremde sich verbeugte, wie sie ihm anbot, sich eines Sessels zu bedienen und selbst in ein Sopha zurücksank, da hatte sie von dem Besuche noch keinen klaren Eindruck empfangen. War sie doch selbst nicht ohne Verlegenheit! Erst als sie saß und den jungen Mann betrachtete, der sichs mit einer gewissen sichern Nachlässigkeit in seinem Sessel bequem machte, bekam sie eine Anschauung, die sie zwang, auf dem Fremden zu verweilen. Es ist mir immer merkwürdig, sagte sie, den jungen Gelehrten musternd, von irgend einem neuen mir begegnenden Menschen den ersten Eindruck zu empfangen. Man glaubt eine so große Kenntniß der Physiognomien und Charaktere zu besitzen, daß man die Menschen klassenweise beurtheilen müßte, und ist doch in Verlegenheit, wenn man einer neuen Species begegnet, sich für sie sogleich auf den rechten Namen zu besinnen.

Mit Frauen ist es umgekehrt, bemerkte mit sicherm Ausdrucke Ottfried. Der Mann erscheint als ein Vereinzelter und um ihn zu verstehen, sucht man ihn in eine allgemeinere Gattung unterzubringen. Die Frauen dagegen machen im ersten Augenblick den Eindruck, als wären sie alle Mitglieder einer einzigen großen Familie, und erst allmälig löst die genauere Kenntniß das einzelne weibliche Individuum von der Masse ab und stellt es unter die Beleuchtung seiner eigenthümlichen Schönheiten oder Verdienste.

Frau von Büren hatte Mühe, den Satz zu verstehen; denn sie war zerstreut. Der Muth, eine so zusammenhängende Phrase gleich bei der ersten Begrüßung auszusprechen, interessirte sie ebenso sehr, als das Organ Ottfrieds, sein Dialekt und seine gerundete Satzbildung. Sie mußte eine Pause machen, um aus den Worten Ottfrieds sich durch stillschweigende Wiederholung die vorgetragene Behauptung zu vergegenwärtigen. Sie meinen, sagte sie endlich, daß das weibliche Geschlecht schon früh durch seine Erziehung darauf angewiesen wird, besondere Kennzeichen zu verlieren und frischweg im Allgemeinen unterzugehen? Sie haben Recht, eine Frau kann sich selten durch mehr auszeichnen, als durch ihr Schicksal. Sind Sie zum ersten Male in der Residenz?

Nach Vollendung meiner Studien, sagte Ottfried, vor fünf Jahren war ich einige Wochen hier, die ich sehr angenehm im Gräflich Schönburgkschen Hause verlebte.

Graf Schönburgk? fragte Frau von Büren, kennen Sie die Familie?

Der junge Graf, antwortete Ottfried, war mein Jugend- und Schulfreund. Wir wohnten sogar auf der Universität zusammen und wollten nach Vollendung unserer Studien eine Reise nach Paris und London machen. Wir kamen aber nicht weiter als bis an den Rhein.

Wie das? fragte Sidonie lächelnd.

Wir reisten, wie eben Studenten reisen, zu Fuß. Bis an den Rhein gekommen, waren wir so müde, daß wir beschlossen, uns gründlich auszuruhen. Die Ruhe war aber zu bestrickend, zu poetisch. In dem reizend gelegenen Bonn trafen wir die Natur so merkwürdig abweichend von heimischen Eindrücken, der große majestätische Rheinstrom mit seinen grünen Wogen verlockte uns so, das Siebengebirg, die frohe Art, dort das Dasein zu genießen, steckte uns so an, daß wir sagten: Hier ist gut sein, hier laßt uns Hütten bauen.

Sidonie mußte lachen, und indem auch Ottfried lachte, bemerkte sie, daß er schöne Zähne hatte.

Ottfried fuhr fort: Zwei Monate gingen darüber hin. Wir wollten über Strasburg nach Paris und rafften uns endlich zur Weiterreise auf. Ein Unglück wollte aber, daß Schönburgk alle Ritterburgen und ich alle Klosterruinen liebte. Wir sahen auf den Bergen keinen Trümmerhaufen, den wir nicht erkletterten. So ging es natürlich sehr langsam den Rhein hinauf. Eine schöne Gegend, ja ich gestehe, selbst irgend einer Frau Wirthin Töchterlein konnte uns bestimmen einzukehren und tagelang mit süßem Nichtsthun hinzubringen; denn, dachten wir, Paris entläuft uns ja nicht und London, das viel stabiler als das unruhige Paris ist, London am Wenigsten.

Frau von Büren hatte bei einem ersten Besuche nie so viel geschwiegen. Sie schwieg, weil sie sich unterhielt und wirklich belustigt fühlte.

Ottfried fuhr fort: Wir hatten nun für unsere Wallfahrt, die ein Jahr dauern sollte, schon über vier Monate verbraucht und kamen jetzt erst nach Heidelberg, nach dem göttlichen Heidelberg. Hier war an kein Trennen zu denken. Im Hof der alten Schloßruine, auf grasdurchwachsenen Steinen, unter schattigem Buschwerk schlugen wir rasch unser Wanderzelt auf. Während die andern Studenten in den Hörsälen kritzeln mußten, durften wir freigesprochenen Akademiker den Vormittag schon mit seinem frischen goldenen Sonnenlicht genießen. Es gibt nur eine Naturanschauung, die vormittägige. Da saßen wir mit guten und schlechten Büchern und sahen träumerisch über die Blätter hinweg durch die offenen Fenster- und Mauerlücken der alten Ruine, sahen die so ernst niederblickenden alten rothsteinernen Ritter und belebten uns diese Vergangenheit mit dem alten Leben und der alten Sitte. Dann gingen wir in den Schloßgarten, bahnten uns verbotene Wege durch die Büsche, kletterten höher und erreichten den malerischen Weg, der zum Wolfsbrunnen führt. Dort – doch wie kann ich das schöne poetische Leben, zu dem auch gekochte Eier und gesottene Forellen gehören würden, in seine Einzelheiten zerlegen! Genug, gnädige Frau, auf Heidelberg, Mannheim, Schwetzingen, auf die Weinlese zuletzt ging der ganze Sommer und Herbst hin, und als wir noch vier Monate auf Paris und London Zeit behielten, hatten wir auf Paris und London keine Wechsel mehr und kehrten, fröhlich und um Menschenkenntniß bedeutend bereichert, für den Winter nach Hause zurück.

Frau von Büren kannte sehr wohl diese berühmte und seiner Zeit vielbelachte Reise des jungen Grafen Schönburgk und erstaunte, daß Ottfried der Theilnehmer derselben gewesen war. Seitdem, sagte sie mit Beziehung, scheinen Sie am Reisen keinen Gefallen mehr zu finden.

Doch! erwiederte Ottfried, aber ich habe mir eine eigene Philosophie gebildet. Ich glaube, daß man Unrecht thut, in erster Jugend sich den Genuß von Eindrücken zu gewähren, die wir uns für ein späteres Alter aufsparen sollten. Man trachtet sicher noch einst nach manchen Freuden, die uns das Schicksal zu versagen grausam genug ist; darauf hin soll man sich die Freuden aufsparen, die uns nicht genommen werden können, die Freuden der Natur. Ich werde, wenn ich heute einen Schmerz erlebe, morgen nach Paris reisen, und bin ich alt und sehe mit Trauer, daß es bergab geht, dann gedenk' ich das bekannte Sprüchwort buchstäblich wahr zu machen: Neapel sehen und dann sterben!

Sidonie war erstaunt, wie in Ottfrieds Aeußerungen Scherz und Ernst so lieblich wechselten. Sie wußte nicht, was von jenem Natur und von diesem Kunst war; nach beiden Seiten hin fühlte sie sich von der großen Wahrheit betroffen. So viel ich diesen Aeußerungen entnehme, sagte sie endlich, besitzen Sie einen für Ihr Alter seltenen Ueberblick über das Leben, ja sogar über Ihr eigenes Leben! Sie kommen mir vor wie ein Kaufmann, der ein großes Geschäft abzuschließen gedenkt und sich hinsetzt, um den Ueberschlag eines möglichen Gewinnes oder Verlustes zu machen. Im Ausgaben-Etat setzt er soviel an für zufällige Schäden, soviel für Ausgaben, die nicht vorauszusehen waren, kurz, Sie ziehen Ihre Bilanz und unterschreiben das Geschäft des Lebens erst, nachdem Sie sich auf alle Fälle sichergestellt haben.

Ein ironischer Zug flog um Ottfrieds Lippen. Es klingt philisterhaft, sagte er, und ist doch wahr, sehr wahr verglichen. Wie soll man sich anders mit dem Leben abfinden? setzte er düster hinzu. Entweder ein Pistolenschuß oder diese Klugheit. Das ist die Kunst des Daseins, das Leben *unter* sich, nicht über sich zu haben. Wenn Sie aufstehen, gnädige Frau, wenn Sie um eine Ecke biegen, worauf sind Sie gefaßt, was erwarten Sie, das Ihnen begegnen wird?

Die meisten Menschen, antwortete Sidonie, erwarten das Glück.

Wohl denen, die es immer finden, sagte Ottfried. Ich verstehe aber diese Menschen nicht; ein einziges Unglück schlägt sie zu Boden.

Wo finden Sie denn aber den *Genuß* des Daseins? fragte Sidonie.

In uns selbst, antwortete Ottfried; in dem Gefühl unserer Kraft, im Bewußtsein unsers Willens, im Stolz unserer Ausdauer, ja im Trotz gegen das Geschick. Was hatt' ich denn, als ich auf die Welt kam? Was wurde mir denn geboten? Meine Mutter starb, indem ich geboren wurde. Ist das nicht schrecklich? Ist das nicht fluchwürdig, zum Leben sich einzudrängen, indem man Andere tödtet? Und doch, kann ich dafür? Die Moral dieses Lebens ist grausam. Einige sind glücklich, aber nur sehr Wenige; Millionen sind es nicht. Sollen wir nun seufzen, uns schleppen, stöhnen, ächzen und den Schöpfer anwinseln: Glück, Glück! Nein, ich will kein Glück und das ist meine Zufriedenheit.

Sidonien preßte sich die Brust zusammen. Sie stützte das Haupt und ihre langen Locken fielen über die schneeige Hand. Zu dieser Philosophie, sagte sie nach einer Weile, müssen wir freilich kommen, wenn wir beobachten, daß unser Jahrhundert sich so entsetzlich in den Materialismus verliert und alle Stände, die höchsten wie die untersten, nach Behaglichkeit trachten. Schwer wird es freilich Denen werden, die eine Zeitlang glücklich wie der Glanzkäfer in der Rose schlummerten und nur vom Duft der Rose und vom Rosenroth des Daseins träumen durften! Dann wird es schwer, sehr schwer, umzulenken und anders zu fühlen und anders zu hoffen, sehr schwer!

Sidonie sah, daß Ottfried sie schärfer betrachtete und dann, von einem Gedanken beschlichen, den er wahrscheinlich vermeiden wollte, sich im Zimmer umschaute, die Gemälde, Statuen, die Kronleuchter, die Stehuhren und Vasen flüchtig betrachtete. Er zupfte an seinen Handschuhen und strich sich die Fläche seines Hutes glatt. Sidonie erschrak, als er die eingetretene drückende Pause so zu verstehen schien, als wär' er entlassen. Um schnell dies Mißverständniß zu beseitigen, fragte sie etwas Gleichgültiges: Sind Sie noch mit der Schönburgkschen Familie bekannt?

Der junge Schönburgk, erwiederte Ottfried, ist in den Staatsdienst getreten und hat seitdem wohl andere Grundsätze angenommen, als daß er noch in alter Unbefangenheit an seinen Studiengenossen zurückdenken könnte. Es ist auffallend, welchen Einfluß das praktische Leben auf jugendliche Gemüther ausübt. Ich habe Charaktere gekannt, die beim ersten Schritt in eine Amtsstube, beim ersten Actenstück, das sie gravitätisch vom Büreau mit nach Hause nahmen, absolut umgeschlagen sind. Deshalb auch hab' ich bisher eine so große Furcht vor irgend einem praktischen Wirkungskreise gehabt. Ich erschrecke, wenn ich mir so plötzlich eines Morgens könnte abhanden gekommen sein, oder wenn ich mich auf mich selbst besinnen müßte, oder mir selbst so langweilig vorkäme, wie ich es vielleicht Andern bin... ich glaube, mein guter Schönburgk weiß auch nichts mehr von unserer pariser Reise, von dem Wirthshaus zum Stern in Bonn, nichts mehr vom Drachenfels und den alten Granitsäulen im Schloßhof zu Heidelberg.

Vielleicht erinnert er sich daran, wenn Sie bei ihm Ihre Karte abgeben, sagte Sidonie.

Nein, antwortete Ottfried, eine Freundschaft, die mit heißen Abschiedsthränen endete und vier Jahre dann stumm blieb, kann man durch eine Visitenkarte nicht wieder anknüpfen. Schrecklicher noch als der Haß ist die Gleichgültigkeit.

Wie gedenken Sie sich denn nun hier einzurichten? fragte Sidonie immer lebhafter.

Ich werde, sagte Ottfried, auf der Bibliothek mich mit alten Handschriften beschäftigen. Ich vergaß vorhin zu bemerken, daß mich damals in Heidelberg eine große Vorliebe für altdeutsche Literatur ergriffen hatte. Ich bekam die Erlaubniß, alte Handschriften in meine Wohnung zu nehmen, und nahm sie in die Schloßruine, setzte mich vorn auf eine der Steinbänke, die an der großen Altane angebracht sind, nieder und las die buntverzierten alten Gedichte von jenen Rittern und Fürsten, die hinter mir, aus Stein gebildet, über die Schulter in das Pergament hereinlugten. Das Uebrige – dafür erwart' ich Ihren Rath.

Meinen Rath? fiel Sidonie ein und fühlte sich sonderbar betroffen. Es wogte und wallte in ihren Gefühlen auf und ab. Die ganze Bedeutung dieser Unterredung faßte sie mit beklemmender Gewalt, sie merkte, daß sie fast eine Stunde mit Ottfried sprach, ohne der Aufgabe, der diese Stunde hätte gewidmet sein sollen, die mindeste Aufmerksamkeit zu schenken. Erschreckend hierüber, sah sie zur Erde nieder, suchte, um ihre Verlegenheit zu verbergen, nach einer ausweichenden Bemerkung, fuhr aber erschrocken zusammen, als sie einen Wagen vorfahren hörte, in welchem sie den Wagen des Vaters voraussetzen konnte. Sie sprang auf, eilte an's Fenster – der Vater stieg wirklich aus. Ihn Agathens Geliebten hier finden zu lassen, war unmöglich. Sie bat Ottfried um Entschuldigung, sagte einige Dinge, die ihr selber unverständlich hätten vorkommen müssen, deutete etwas von einem Wiederbesuch an und entließ Ottfried durch eine Thür, wo er dem Vater nicht begegnen konnte.

Der eintretende Vater fand seine geliebte Tochter erschöpft in einem der ringsstehenden Lehnsessel ruhen. Er bedauerte sie so nervenleidend zu sehen. Er befühlte ihre Stirn, ihre Hände und erklärte es durchaus für nothwendig, daß sie im nächsten Jahre Seebäder nähme. Sie meinte das auch, sprach wenig und entließ den Vater, der beim Handelsminister zu Tisch gebeten war und nur im Vorbeigehen sie hatte begrüßen wollen.

Nun war Sidonie allein und fühlte, daß die Verstellung einer Unpäßlichkeit Wirklichkeit geworden war. Mit eiskalter Hand fuhr es ihr in den Nacken. Sie entsetzte sich, wie es möglich war, nicht mit einer Sylbe den Gegenstand zu berühren, um dessentwillen Ottfried gekommen war: sie erschrack, was sie Agathen sagen sollte: sie erschrack vor dem jungen Manne selbst, der ihr einen eigenthümlichen Eindruck gemacht hatte. Das fühlte sie wohl, sie mußte ihn wieder sprechen und das bald. In zwei Worten, die in eine zierliche Briefenveloppe geschlossen wurden, bat sie ihn, zur Fortsetzung des gestörten Gespräches, sie heute Abend noch zwischen sieben und acht Uhr zum Thee zu besuchen. Ottfried versprach zu kommen und wie der Bediente diesen Bescheid brachte, fühlte sie sich wie neubelebt. Stören mußte man sie aber in diesem Augenblick nicht; für heute war sie keiner Mittheilung fähig, selbst nicht für Agathe, die bald nach Tisch gemeldet wurde. Frau von Büren befände sich außerordentlich unwohl, hieß es. Sie nahm Niemanden an. Auch Agathen nicht.

Arme Agathe!

# 7.

Ottfried kam zum Thee. Er wußte schwerlich, wie dringend er erwartet, wie der träge Zeiger an der Pendeluhr mißmuthig angeblickt wurde. Sidonie rief sich den ganzen ersten Eindruck wieder zurück. Sie fand den geistreichen jungen Mann allerdings noch nicht so geschult, daß sie ihn ohne Weiteres gewagt haben würde in die Gesellschaft einzuführen; aber sie gefiel sich darin, ihn sich in dieser Ausbildung zu denken und sich selbst als die, die an ihn die letzte Hand zu legen hätte. Das noch Unfertige eines Stoffes, der für die Zukunft Außerordentliches versprach, reizte sie. Sie dachte sich als seine Bildnerin. Dann aber staunte sie, wie hoch das Geschöpf wieder über dem Meister stehen würde. Was kann ich an ihm aussetzen? sagte sie sich und lächelte, als sie fand, daß höchstens für einen ersten Besuch sein Halstuch zu bunt gewesen war. Das lernt sich, dachte sie und schämte sich, an solche Dinge zu denken. Sie war gespannt, wie er sich am Abend ausnehmen würde. Sie hatte selbst eine eigene Toilette gemacht, die für die Beleuchtung ihr vortheilhafter schien. Einen großen Cirkel von Diplomaten hätte sie nicht gespannter erwarten können, und als Ottfried endlich gemeldet wurde, fühlte sie, daß sie erblaßte.

Er kam mit Befangenheit und schien von diesem traulichen tête-à-tête mit der jugendlich schönen Frau in eine befremdliche Spannung versetzt. Es war ihm seltsam zu Muth in diesem kleineren Gesellschaftszimmer, das von einer in mattgeschliffener Glocke brennenden Flamme magisch helldunkel erleuchtet wurde. Die siedende Theemaschine, die silbernen Geräthe, die gewaltig großen Tassen und das Alles doch nur ein Atom in dem Eindruck des Ganzen, in dem unwiderstehlichen Zauber dieser traulichen Begegnung. Sidonie bemerkte das Alles, unter Anderem auch, daß das bunte Halstuch mit einem einfachen schwarzen vertauscht war. Noch größer aber war ihre Freude, als Ottfried erzählte, daß er zu Hause eine angenehme Ueberraschung gehabt hätte. Der junge Schönburgk, jetzt schon Regierungsrath, wäre in seinen bescheidenen Gasthof gekommen, hätte ihn mit alter Freundschaft aufgesucht, umarmt und versprochen, ihn morgen seiner Familie vorzustellen. Damit war denn nicht nur eine angenehme Thatsache, sondern auch ein Gegenstand der Unterhaltung gegeben, der sich nach allen Richtungen hin ergiebigst ausspannen ließ. Dieser trauliche unterhaltende Verkehr ließ unbemerkt die Stunden vorüberschleichen. Als es dreiviertel auf 10 Uhr schlug, erhob sich Ottfried erschrocken und Sidonie raffte ihre Kraft zusammen, ihn wenigstens doch mit folgenden Worten zu entlassen: Was die bewußte Angelegenheit in Betreff meines Vaters betrifft, so glaub' ich, der kürzeste Weg ist der, Sie essen morgen mit ihm bei mir zu Mittag. Kommen Sie aber schon um drei Uhr, damit ich Sie eine Stunde allein habe. Meiner Schwester könnten Sie in einigen Zeilen, die ich besorgen lassen werde, davon Anzeige machen.

Ottfried that das und Agathe, nach einer verzweiflungsvoll halb durchwachten Nacht, war glücklich, endlich den Schimmer einer ihr leuchtenden Hoffnung zu erblicken. Ottfried schrieb ihr mit freundlicher Güte, daß er erwarten dürfe, noch heute mit dem Vater ausgesöhnt zu werden und sie dann bald an sein Herz drücken zu können. Besonders freudig wurde Agathe durch die Lobsprüche gestimmt, die Ottfried ihrer Schwester erteilte. Sie erkannte darin die Möglichkeit, daß auch Ottfried der Schwester nicht mißfallen hätte, und las die Worte, die auf Sidoniens Schönheit, Geist und Liebenswürdigkeit gingen, mit vorzugsweisem Wohlgefallen. Sie ahnte nicht, die gute Seele, daß ihre Schwester den Brief, den sie ganz in der Frühe zu besorgen empfing, wohl eine Stunde lang von allen Seiten betrachtet, die Aufschrift mit Eifersucht wohl hundertmal gelesen und sich selbst hatte zurückhalten müssen, diesen Brief geradezu in das Kaminfeuer zu werfen, das zum ersten Male wieder, da es zum Winter ging, neben ihr loderte. Erst mit einer Resignation, die ihr das Herz beinahe abdrückte, hatte sie sich entschließen können, ihrem Bedienten den Brief zur Besorgung an Agathen einzuhändigen.

Was nur dem Fräulein ist! dachten die Leute im Hause, als sie Agathen fröhlich singend treppauf treppab hüpfen sahen. Da hätte man aber erst ihre Freude sehen sollen, als Frau von Büren vorfuhr und auf der Treppe, sich losringend aus den Umarmungen der glücklichen Schwester, ihr mit lächelnder Ironie sagte: Lass' mich, Kind, ich gehe eben zum Vater, um den Gegenstand abzumachen. Sie näherte sich den Zimmern des Commerzienrathes, Agathe, leise auf den Zehen trippelnd, warf ihr hundert Kußhändchen nach: sie durfte sich nicht hören lassen, um den Vater nicht zu verstimmen.

Ach, sie hätte aber so gern das Gespräch belauscht und glücklich war sie, als sie in der That im Nebenzimmer einige Worte von dem Gespräche drin aufhaschen konnte. Sie verstand wenig, aber das konnte sie doch hören, wie Sidonie »ihr zu Liebe« Märchen erfand. Im gräflich Schönburgkschen Hause wäre sie mit dem Doctor Eberlin bekannt geworden, demselben jungen Manne, der in Schönlinde mit Agathen ein Verhältniß angeknüpft hätte. Dies Wort: Verhältniß gefiel ihr freilich nicht, aber getröstet wurde sie sogleich, als Sidonie fortfuhr und den Doctor Eberlin einen höchst geistreichen, höchst liebenswürdigen, höchst empfehlungswerthen jungen Mann nannte, den sie beschlossen hätte, sogleich in ihr Haus einzuführen und den sie auch heute, wenn der Vater nichts dagegen hätte, mit ihm bekannt machen und mit ihm aussöhnen wolle. Der Vater schien überrascht und wiederholte einige Male mit Nachdruck: Graf Schönburgk? Graf Schönburgk? Sidonie war klug genug, ihren Vater von seiner schwächsten Seite zu fassen. Das gräflich Schönburgksche Haus war eines der ersten des Landes. Wallmuth erstaunte, wie jener halsstarrige junge Mann dort aufgenommen, dort so wohlgelitten sein könnte? Noch ehe Sidonie Ottfrieds Stellung in jenem Hause mit Phantasiefarben auszumalen nöthig hatte, war der »gute Vater« schon gewonnen und ausgesöhnt. Agathen rauschte es um's Ohr wie Engelklänge, sie konnte nichts mehr vernehmen, eilte hinunter in die Küche, um das heutige Mittagessen zu vereinfachen, und faßte dann Posto an ihrem Zimmer, um Sidonien zu sich hineinzuziehen und sie vor Dankbarkeit und Schwesterliebe ganz todtzudrücken. Diese kam denn auch bald, nahm den stürmischen Anfall von Liebkosungen der Schwester mit gerührtem Lächeln an, entzog sich aber einer ferneren Unterhaltung durch den Vorwand von Geschäften, die zu dringend wären. So seh' ich dich bei Tisch? sagte Agathe. Bei Tische nicht, bemerkte Sidonie, aber der Vater wird Ottfried ja heut Abend bei Euch zum Thee einladen. Vielleicht komm' ich auch. Damit ging sie, mühsam die gewaltigste Aufregung verbergend.

Die Aussöhnung mußte vollständig gelungen sein; denn um sechs Uhr kam der Vater nach Hause gefahren, angeröthet, echauffirt, wie immer, wenn er irgendwo besonders sich gefallen hatte. Ottfried hatte ihm in einem Grade zugesagt, daß er in seiner Zufriedenheit über den geistvollen, taktfesten, klugen und weltmännisch gebildeten jungen Mann kein bezeichnenderes Wort fand, als Agathen scherzend zu sagen: Sie wäre seiner gar nicht werth! Vater! sagte sie mit rührender Stimme, indem sie die Hände flehend zusammenlegte und bat, sie nicht mit solchen Scherzen zu ängstigen. Ja, sagte er, wäre Ottfried von Adel, ich gönnt' ihn einmal am liebsten unserer holden Turnerin, der Harriet! Er meinte das aber nicht bös, sondern lachte und bat sich aus, daß am Abend beim Thee alles nach der besten Ordnung ginge. Frau von Büren würde ja auch kommen.

Diese aber kam nicht, sondern nur Ottfried. Als er gemeldet wurde, stand Agathe gerade allein im Zimmer und bereitete den Thee. Wie er eintrat, flog sie auf ihn zu und schloß ihn selig in ihre Arme. Ach, nun hatte sie ihn! Es war der Zeitraum einer Secunde. Sie flogen auseinander, als sie nebenan den Vater hörten; Wallmuth trat ein.

Man sprach über Viel und Mancherlei, über Vergangenheit und Zukunft, vom alten Eberlin, von Schönlinde, vom Zeitgeist, von Münzsammlungen, von Kupferstichen, von Erziehung und von den Preisvertheilungen bei der vergangenen Industrieausstellung. Ottfried trank drei Tassen Thee und aß vier Stücke Kuchen. Er schämte sich seines Appetites, gestand aber dem Commerzienrath zu, daß er bei Frau von Büren nur wenig gegessen hätte. Einige Minuten nach neun Uhr empfahl er sich; denn er bemerkte, daß der Vater schläfrig wurde. Agathe gab ihm mit Innigkeit die Hand und bot ihm holdselig und voll Liebe gute Nacht! Seine Nerven waren so aufgeregt, daß er noch nicht in seine Wohnung zurückkehren mochte. Um sich zu beruhigen, entschloß er sich noch zu einem Spaziergang durch die Promenaden, welche die Stadt umgaben. Es war alles still, alles dunkel. Das Laub raschelte schon unter seinen Füßen, so zahlreich fiel es von den fröstelnden Bäumen. Er begegnete keinem Wanderer, kein Licht erhellte die dunkeln Wege, nur von den Landhäusern fielen aus den Fenstern zuweilen einige helle Streifen. Er kam auch an Sidoniens Wohnung und fand das Fenster, in dem sie Abends weilte, matt erleuchtet. Gedankenvoll blieb er stehen; es war ihm, als stünde eine weibliche Gestalt an dem Fenster und drückte eine Stirn, die glühen mußte, an die Scheiben. Sie war's gewiß – sie verschwand wieder; nach einer Weile leuchtete das weiße Gewand – Er stand und stand – sie war's gewiß – gewiß – sie verschwand dann wieder. Ottfried harrte lange – sie erschien nicht mehr. Still bewegt schlich er nach Hause.

# 8.

Agathe hatte nun nichts Emsigeres zu thun, als dem Geliebten, soweit sie es konnte, seinen Aufenthalt so heiter und bequem wie möglich einzurichten. Kannte sie doch von Schönlinde her noch alle seine Bedürfnisse, Bedürfnisse, in denen er ihr so gut, so liebenswürdig erschienen war. Sie schickte ihm einige dreißig Adressen von Wohnungen, die sie alle aus dem Ankündigungsblatt abgeschrieben hatte. Als er endlich eine passende fand, trug sie, soweit sie sich in die gewählten Zimmer, ohne sie zu kennen, versetzen konnte, Sorge für die Einrichtung jeder nur wünschenswerthen Bequemlichkeit. Ihre Sorgfalt erstreckte sich von den Blumen, die sie ihm aus den Treibhäusern heimlich sandte, bis zu Kaffee- und Zuckervorräthen. Gern auch hätte sie die Sorge für seine Wäsche übernommen, ihm fehlende Bänder und Knöpfe angenäht, aber Ottfried ging zu ihrem größten Leidwesen darauf nicht ein, indem er behauptete, in seinem Hause trefflich bedient zu werden.

Inzwischen vermehrten sich sowohl Ottfrieds gesellschaftliche Beziehungen, als Wallmuths Vertraulichkeiten zu einem Manne, der ihm in der Gesellschaft so wohlempfohlen erschien. Er hatte in dem verstorbenen Baron von Büren einen Schwiegersohn gehabt, der seiner Billigung oder Ungnade sehr wenig achtete, und konnte sich dagegen sagen, daß er jetzt in Ottfried jemanden gefunden hatte, der so recht der Gegenstand seiner Launen, der Ableiter seiner Wünsche und Träger seiner Grillen werden konnte. Selbst Ottfrieds Unentschlossenheit über seinen künftigen Beruf war ihm nicht so verdrießlich, als man hätte vermuthen sollen. Hatte er doch dadurch Gelegenheit, in einer steten erörternden Anregung mit ihm zu verkehren, anzuhören, zu widerrathen, Weisheit gegen Bescheidenheit auszutauschen, Häuser zu bauen, wieder einzureißen, gerade wie er es liebte. Vom Predigtamte war natürlich keine Rede mehr. Der Lehrerberuf misfiel dem Vater und so kam man allmälig von der ursprünglichen Bildung und Lebensrichtung Ottfrieds in dem Grade ab, daß der Vorschlag des jungen Schönburgk, Ottfried sollte mit ihm in die Diplomatie treten, durchaus nicht mehr abenteuerlich erschien. Es war dies freilich eine Berufswendung, bei welcher zwei Dinge stillschweigend vorausgesetzt wurden, nämlich, daß Ottfried in diesem Falle auf Reisen gehen und eine geraume Zeit noch unvermählt bleiben müsse. Wallmuth hatte sich in kurzer Zeit so an Ottfried gewöhnt, daß er ihn ganz selbständig ohne alle Rücksicht auf die künftige Bestimmung, sein Schwiegersohn zu werden, betrachtete. Agathe, die in der Tretmühle ihrer täglichen Verpflichtungen ohnehin nicht scharf beobachten konnte, nahm in ihrer Herzensgüte immer nur das Beste an und dachte an nichts, was ihr hätte Besorgnisse einflößen müssen. Ein kurzer Besuch, ein freundliches Billet, ein Wort der Liebe genügte ihr schon. Sie war nicht verwöhnt.

Sidonien hatte Ottfried seither nicht mehr gesehen. Er fürchtete sich zu ihr zu gehen, und daß sie sich begegneten, traf sich nicht. Endlich mußt' er doch zu ihr, des sogenannten »Anstands« wegen. Sie empfing ihn leidend, nachdenklich, ernst. Ich glaubte, Sie hätten mich vergessen, bemerkte sie, indem sie sich tief in die Sophaecke warf, ruhig die Arme übereinanderkreuzte und auf Ottfried, der niedriger saß, sinnend herabblickte. Vergessen? sprach Ottfried mit scharfer Betonung und einem Ausdruck, der da sagen wollte, ob dies wohl möglich wäre? Was ist eine Frau, die ihre Bestimmung erfüllt hat? fuhr sie fort und peinigte damit Ottfried nur noch mehr; denn ein bedeutender Mensch hat vor nichts mehr Abscheu, als da, wo er tiefer empfindet, leere Höflichkeiten auszusprechen. Das Gespräch kam auf Sidoniens schöngeistige Arbeiten. Er hatte davon gehört und bat sie, ihm davon mitzutheilen. Nach einem längern verlegenen Sträuben, das sie sehr liebenswürdig erscheinen ließ, willigte sie darein, ihm einige ihrer saubergebundenen und mit Goldrand verzierten geschriebenen Hefte nach Hause zu geben. Sie wollte sie ihm schicken, er nahm sie selbst mit und versprach ein offenes ehrliches Urtheil. Es überraschte sie, als er schon am folgenden Morgen selbst erschien und die Hefte zurückbrachte. Es hatte sie immer so gepeinigt, daß Manche, denen sie diese Ergüsse ihres Talentes geliehen hatte, vierzehn Tage darauf verwenden konnten, ihre Neugierde zu befriedigen. Ottfried dagegen hatte sogleich eine halbe Nacht geopfert und milderte schon durch dieses warme lebendige Interesse den Tadel, den er sich über Eines oder Anderes auszusprechen erlaubte. Sie gestand ihm offen und frei, daß ein Tadel aus seinem Munde nichts Verwundendes für sie hätte; er solle nur rügen, was ihm misfiele; nur müßt' er versprechen, ihr soviel zu lassen, daß sie den Muth nicht verlöre, sich zu bessern. Ottfried erröthete und küßte zum ersten Male ihre Hand, die sie ihm, als Zeichen der schon im Voraus bewilligten Verzeihung, mit unbeschreiblicher Grazie darreichte. Diese weiche Hand, die blendendweiß gegen ein rothes Korallenband mit goldenem Schloß abglänzte, verwirrte ihn; er bedurfte Zeit, sich zu sammeln. Sie verlangte von ihm die reinste Wahrheit. Er nahm Gelegenheit, seine Ansichten über Kunst und Literatur zu entwickeln, und statt dadurch auseinanderzurücken, kamen sie sich nur noch näher; denn magischere Begegnungen gleichartiger Gemüthsstimmungen gibt es nicht, als durch die Poesie.

Die Beziehung zu Sidonien wurde dadurch wieder so lebhaft, daß Ottfried jeden Augenblick, den er nur erübrigen konnte, ihr widmete. Kurz vor dem Zeitpunkte, wo nach dem Willen des Vaters, der feierliche Veranstaltungen liebte, nun die Verlobung mit Agathen geschlossen werden sollte, trank Ottfried eines Abends bei Frau von Büren den Thee. Agathe hatte nach dem Willen des Hofmedicus, der ihren Gesundheitszustand nicht durchaus befriedigend fand, sich früh zu Bett gelegt und selbst gewünscht, daß er den Abend bei ihrer Schwester zubrächte. Der Zufall wollte, daß Ottfried von seinem frühern Leben sprach, und Sidonien war es schon oft aufgefallen, daß er mit Jahren dabei so leicht umsprang, wie mit Monaten. Ihre Reise mit Schönburgk fand vor fünf Jahren statt, was haben Sie seither denn getrieben? sagte sie mit freundlicher Laune. Gestehen Sie nur, fuhr sie lebhafter fort, als er schwieg; wo steckten Sie drei Jahre hindurch, die mir ganz räthselhaft in Ihrem Leben sind? Wo haben Sie Ihre sichern Manieren, Ihren Weltton, Ihre reifen Ansichten her? Auf der Universität, unter schweinsledernen Büchern lernt man das nicht.

Ihnen, sagte Ottfried nach einer Pause, während er nachdenklich zum Teppich niederblickte, Ihnen kann ich nichts verschweigen. Erzählen Sie, sagte Sidonie, indem sie einen grünen Lichtschirm so rückte, daß das blendende Licht ihre Augen nicht reizte und sie im Schatten auf dem Sopha mehr lag, als saß. Ich habe nicht viel zu erzählen, bemerkte Ottfried; denn ich will Ihnen ganz kurz mein Geheimniß anvertrauen. Sie werden es heilig halten und etwas, das nur Sie wissen außer mir und meinem Vater, keinem Menschen mittheilen. Erschrecken Sie nicht! Ich war drei Jahre hindurch Schauspieler! – Sidonie richtete sich betroffen empor, sah Ottfried, in dessen schmerzlich bewegtem Antlitz ihr plötzlich die Geschichte einer langen leidenvollen Verwirrung geschrieben schien, mit weitgeöffneten Augen an und lehnte sich wieder schweigend vor Staunen in die Ecke ihres Sophas zurück. Ottfried, bewegt, erzählte mit weicher Stimme, wie ihn ein abenteuerlicher Sinn zu einer Gesellschaft getrieben hätte, die in der Umgegend der Universität Vorstellungen gab. Mitleid mit dem Unternehmer hätte ihn länger zu bleiben vermocht, als erst sein Wille war. Dann aber wär' er so in den Strudel dieses sogenannten Künstlerlebens hineingerathen, daß es eines heroischen Entschlusses, einer zusammengenommenen letzten moralischen Kraft bedurfte hätte, ihn aus einer Bahn zu entfernen, für welche er sehr bald den Beruf in sich vermißte. Es ekelte mich an, sagte er, der Sklave einer rohen Masse zu sein. Ich fühlte, daß diese trivialen Charaktere, die ich so oft darzustellen hatte, eine Blasphemie gegen meine eigene Bildung waren, ich hatte von einer Kunst geträumt und lernte ein Handwerk kennen. Mein Gemüth versank in Schwermuth. Im fernen Ungarn hört' ich einen deutschen Dorfprediger eine weihevolle Rede halten, mir fiel mein armer gekränkter Vater, mein eigner Beruf ein, ich brach die Kette meines Schicksals durch die Flucht. Nicht von der Universität kam ich nach Schönlinde, sondern von langer, langer Wanderschaft aus dem fernen Ungarland. Ich kam geistig elend, zerknickt in meinem kühnsten Aufschwunge, wehmuthsvoll und vom Vater eine Vergebung hoffend, die ich nur in Worten, nicht in seinem Herzen fand. Kein Mensch hatte eine Ahnung von Dem, was mit mir geschehen war. Ich suchte still wieder in die Geleise meines ersten Berufes zurückzukehren und bestieg statt der Bühne, gleichsam um mich auszusöhnen, die Kanzel. Es war aber, als wäre der Geist von mir gewichen. Ich konnte nur noch mich selbst rühren. Ich war krank an mir selbst. Der Birke im Frühling gleich, die leicht geritzt schon ihren Saft verspritzt, ergriff und rührte mich das Geringste. Kranken ist es so, die nach langem Leiden in die Genesung treten. Schämen meiner damaligen Stimmung mag ich mich nicht. Aber erschrecken muß ich, wenn ich bedenke, was Reue und Schmerz und das Gefühl eines anknüpfungslosen, verfehlten und von fremder Gnade abhängigen Lebens aus uns machen können. O Gott – In dieser zerflossenen Dämmerung, in diesem ohnmächtigen Bewußtsein meiner selbst, lernt' ich damals Agathen kennen –

Ottfried stockte. Sidonie hielt gepreßt den Athem an. Die nie besprochene Frage that sich zum ersten Male zwischen ihnen wie ein gähnender Abgrund auf. Stand Ottfried jenseit dieser Kluft bei Agathen oder diesseit ihrer bei Sidonien? War Agathe des unglücklichen jungen Mannes Trost und Erquickung geworden, oder war der Bund der Liebe, den er mit ihr schloß, dies letzte Symptom seiner gedämpften Geisteskraft, seiner muthlosen Ergebung gewesen? Ottfrieds Auge war umflort, Sidoniens Auge strahlte. Es war kein Zweifel, daß Ottfried schwieg, weil er das Muthigste nicht zu sagen wagte. Wie eine Schlange lauerte Sidonie auf die erste Bewegung, die Ottfried machen würde. Er war ganz verloren, sie ganz Bewußtsein. Er schwach und zerschmettert, sie stark und triumphirend. Sah sie ihn im Geist nicht zu ihren Füßen sich krümmen? Durfte sie jetzt mehr, als nur die Hand ausstrecken, um den Aermsten zu ihrem Sklaven zu haben? Sie erwartete eine Scene, ein Geständniß, sie war vollkommen gerüstet, wenn er von Liebe stammeln würde, ihm zu erwiedern: Ottfried, ich bin dir so nothwendig, daß du keiner Andern auf der Erde gehören darfst, als mir! Ottfried erhob auch langsam sein Haupt, richtete einen langen verzehrenden Blick auf diese schöne Schwester der armen Agathe, die er nicht mehr liebte, sog den Anblick des hingegossenen reizenden Weibes mit wonnetrunkenem Fieberschauer ein , genoß diesen grausendsüßen Moment eine Weile, brach dann aber plötzlich ab und erhob sich, um, wie es seine Weise war, wenn er zu einem andern Gegenstand übersprang, im Zimmer auf- und niederzugehen.

Hätte Agathe diese Scene belauschen können, sie würde geglaubt haben, daß sie gerettet wäre. Aber sie war es nicht. Ottfried lebte und glühte nur für Sidonien. Er trennte sich zwar jenen Abend schnell und fast ohne Abschied von ihr, aber gerade die Ueberzeugung, daß Sidonie ihn wieder liebte, machte ihm das Blut starren, nahm ihm den Muth sich zu erklären, ließ ihn zwar eine Sammlung, aber keinen Entschluß finden. Sidonien lieben zu dürfen! Sidonien, dieses Abbild der edelsten Schönheitsformen, diese Zauberin, der Alle huldigten, diese Künstlerin nicht blos mit der Palette oder der Feder, sondern diese Lebenskünstlerin, die Alles verklärte, Alles verschönte, was sie nur anlächelte, anhauchte! Er gestand sich mit dem bittersten Schmerz, was ihn von Agathen trieb. Nicht ihre geringeren Reize, nicht der Minderwerth ihrer einfachen und prunklosen Liebe; wohl aber der Stolz, die Eitelkeit des Mannes, der zwischen dem Glück und der Beschränkung wählen durfte, und dem bei dieser Wahl eine Krone zu verschmähen lächerlich erscheinen mußte. Er verglich die sklavische Lage Agathens und die glänzende Freiheit ihrer Schwester. Die dunkle dumpfe Unterwerfung, in welcher die Erste gehalten wurde, schauerte ihn an. Er schleppte selbst an der Fessel dieser ihm bald klar gewordenen Demüthigungen mit. Alles was Agathen betraf, zog ihn nieder, Alles was Sidonien, zog ihn empor. Er fühlte, daß er sich vor einer gewissen moralischen Stimme seines Innern nicht vertheidigen konnte und ein wilder Trotz sagte ihm doch wieder: Mache dich frei von diesen kleinlichen Gefühlen! Und in diesem Trotz, in diesem wilden Abschütteln lästiger beschränkender Vorurtheile fühlte er sich größer, bedeutender, werthvoller. Die Gesellschaft, in die er eingeführt war, hatte ihn geblendet. Von seiner künftigen Laufbahn schwebten ihm berauschende Ideale vor. Das hatt' er nie erwartet, das nie so geträumt! Und nun sollt' er mitten in diesem äußern Glanz, mitten in diesen stillen Wonnen einer Liebe, die ihn von Sidonien jeden genährten Wunsch seines überquillenden Herzens erwarten ließ, ausscheiden aus diesem beneidenswerthen Geschick und sich durch öffentliche Verlobung einem Mädchen überliefern, das von allen weiblichen Wesen, die er täglich jetzt sah, gerade die wenigsten Ansprüche auf seinen Besitz hätte machen dürfen – *seinen* Besitz, wie er in Stolz und in Verzweiflung hervorhob!

Es war ein rauher Novembertag. Der Winterfrost kam spät, dafür tobten die Stürme und entblätterten gewaltsam die Bäume, die ihren vergelbten Schmuck nicht fahren lassen wollten. Der Regen nahm kein Ende. Es waren unfreundliche Tage, die nur Den nicht stören konnten, dem es im Herzen warm und traulich war. Agathe sah nichts von diesem öden Tage, der endlich ihr Verlobungstag werden sollte. Es war sonnenhell und frühlingsmild, der endlich erschienene Erlösungstag. Nie hatte sie gedacht, solch einen Ehrentag noch erleben zu dürfen. Nun schenkte ihr das Schicksal diese große Freude, das unerwartete Glück. O sie nahm es auch dankerfüllt von ihrem Schöpfer hin, sie begrüßte schon die erste Morgendämmerung dieses Tages, während im Hause noch Alles schlief, mit Thränen im Auge, mit seliger Beklommenheit und freudiger Unruhe im Herzen. Wie ihr das Alles so geschäftig heut von Händen ging! Es war ihr, als schwebte sie, ein Vogel in den Lüften. Sie hatte Scheu vor sich selbst, sie griff nach Allem, was ihr sonst alltäglich war, heut mit einem feierlichen Ernst, als wenn es alles andere Dinge wären, als sonst, als wenn das Todte selbst und Leblose, was sie umgab, heut ihre geheimnisvolle Stimmung mitempfinden müßte. Noch wußte man im Hause nicht, welche Entscheidung der heutige Tag in seinem Schooße führte, sonst würde man ihr Glück gewünscht und recht sehr das garstige Wetter bedauert haben. Selbst die gewählte Toilette, die sie für den Mittag zurechtlegte, konnte nicht auffallen, da sie mit dem Vater heut' außer dem Hause aß. Morgen wußte es ja alle Welt! Morgen durfte sie jeden umarmen und für seinen Glückwunsch danken! Der kleine Vogel im Käfig, der Hofhund, die Katze, die den Garten von den Feldmäusen zu reinigen hatte, Alle hätten es im Grunde merken sollen, was mit ihr vorging; denn sie war aus allen Fugen, sie schwärmte auf und ab und schonte ihre zarte Gesundheit nicht, wenn sie selbst im Regen über die Höfe lief.

Auch der Vater trieb Dinge, die ihre glückliche Unruhe nur vermehrten. Er hielt sich den ganzen Vormittag verschlossen, nahm keinen Besuch an, öffnete, um sich nicht stören zu lassen, keinen Brief, zankte auch nicht, war aber auch nicht freundlich, kurz, sein Benehmen verrieth das tiefste Versenken seiner Gedanken in sich selbst. Sie hatte es bald weg, was der gute Vater trieb. Er hatte ohne Zweifel die Absicht, die heutige Verlobung durch eine, wie man an ihm gewohnt war, geistreiche Rede einzuleiten. Er gab diese Reden, die er gern bei feierlichen Familienvorfällen hielt, immer für Eingebungen des Momentes aus, war aber viel zu besonnen, als daß er diese Improvisationen nicht vorgezogen hätte vorher sorgfältig auswendig zu lernen. Agathe hatte ihn heute schon zweimal überrascht, einmal wie er laut eine schöne Vergleichung der Ehe mit der Obstcultur niederschrieb, das andere Mal, wie er sie auswendig lernte. Er blieb bis fast zur Tischzeit im Schlafrock und brach sein feierliches Schweigen, als er ein kleines Dejeuner nahm, nur mit den Worten: Ich bin begierig, wie der Minister den Doctor finden wird! Ottfried sollte nämlich heut auch dem Minister der auswärtigen Angelegenheiten vorgestellt werden.

Die Verlobung sollte am Schluß eines größern Diners stattfinden, welches dem Anstand und dem speziellen Befehle des Vaters gemäß Frau von Büren zu diesem Zweck zu geben hatte. Auszuweichen war hier ganz unmöglich: Sidonie sollte in ihrem eigenen Innern der Ceremonie des Ringewechselns beiwohnen. Agathe kam in einfachem Festkleide – ihre Garderobe war ärmlich bedacht – eine Stunde vor der Mittagszeit. Der Vater sagte, sie könnte ihrer Schwester in den Anordnungen des Tisches noch behülflich sein, und Agathe, die zu dienen gewohnt war und selbst an ihrem Hochzeittage sich hätte entschließen können, ein Theebrett herumzureichen, Agathe ging gern. Sie erstaunte über die Aufregung, in der sie ihre Schwester traf. Sie hielt sie für krank oder für zerstreut. Eine Stimme sagte ihr, es wäre lieblos, sie an ihrem Freudentage heut so zu empfangen. Sidonie musterte Agathens Anzug von allen Seiten, zupfte und zerrte daran und fand ihre Haltung, ihr Benehmen unausstehlich. Es sitzt dir nichts und wenn du die schönsten Kleider hättest, sagte sie, und Agathe antwortete ruhig: Ich weiß es. Diese ruhige Antwort verletzte sie vollends; sie fand, daß dieser Freudenschimmer auf dem Antlitz der zum Dienen gebornen Schwester etwas Hochmüthiges hätte, *sie* fand das. Agathe erschrak, daß sie so etwas finden könne, und bat sie um schwesterliche Liebe. Darüber gerieth Sidonie in ein heftiges Weinen und erschreckte ihre arme Schwester, die Sidonie nie hatte weinen sehen, so sehr, daß sie selbst in Verzweiflung gerieth und um Alles in der Welt die Schwester nach ihrem Kummer fragte.

Sidonie faßte sich und wies sie mit Kälte von sich. Es hatte sie nur so der plötzliche Anblick übermannt. Sie hatte es nicht geglaubt, daß Ottfried, in zarter Rücksicht auf Agathen, es würde so weit kommen lassen. Seit einigen Tagen war er ausgeblieben. Der Vater hatte sie mit der Eröffnung seines Vorhabens überrascht. In der Meinung, Ottfried zu einem entscheidenden Entschluß zu treiben, hatte sie eingewilligt, daß die Verlobung im Kreise einiger Verwandten an ihrer Tafel stattfinden sollte. Ottfried ließ das zu, ließ sich nicht sehen, sie hielt es nicht für möglich, und nun war's, Agathe kam und die Feier war da, unwiderruflich da. Sie begriff sich nicht, nicht Ottfried, sie hätte können einen gewagten Streich unternehmen, und die Thränen, die sie weinte, waren nur die des Zornes und der glühendsten Eifersucht.

Agathe rief im Nebenzimmer: Was ist dir? Laß mich zu dir. Sie hatte hinter sich verriegelt, gab keine Antwort. Agathe hörte nicht auf zu bitten. Sie antwortete nicht. Endlich als auch Agathe eine Weile schwieg und immer wieder in ihrer guten zärtlichen Weise begann: Oeffne doch! Was ist dir nur? da faßte sie der Gedanke, wenn sie sich der Schwester entdeckte, und wie sie das noch dachte, hatte sie schon geöffnet und umklammerte Agathen mit fieberhafter Aufregung. Eine Meisterin des Ausdrucks, brauchte sie weniger Worte, um Agathen zu sagen, daß Ottfried sie nicht liebe, sie nie geliebt hätte.

Agathe wankte. Das hatte sie nicht erwartet. Dieser Dolchstich ging zu tief. Sidonie erzählte mit flammenden Worten, was sie in Ottfried gefunden hätte, und ließ sich fortreißen zu sagen: Agathe, prüfe dich doch selbst, ob deine Arme stark genug sind, einen Mann zu tragen, wie diesen! Ich rede von Ihm! Ich rede von Dir und Ihm! Wird deine Kraft ausreichen, ihm ein Leben zu schaffen, wie er es bedarf? In einer Abspannung seines Gemüthes ist er dir begegnet, er hat dein körperliches Leiden gesehen, es hat ihn gerührt, dich mit seinem freundschaftlichen Wohlwollen, das nur die Gestalt der Liebe annahm, emporzurichten. Hat dich, als du ihn wiedersahst, niemals diese majestätische Erscheinung erschreckt? Bist du nicht Staub geworden im Anblick eines Mannes, der mit seiner Liebe dich nur tödten kann? Ich nenn' es Vermessenheit, auf ein Wesen solcher Art Beschlag zu legen und von einer solchen blüthenreichen, lebenstrotzenden, anspruchsvollen Zukunft zu sagen: Sie ist mein!

Mit bebender Stimme, zum Tode verwundet von der geistreichen, schönen, aber lieblosen Schwester, sagte Agathe: Und hat dir Ottfried je gestanden, daß er mich nicht liebt?

Es gibt Geständnisse, sagte Sidonie, die der Worte nicht bedürfen.

Du kannst nicht sagen, fuhr Agathe, in ihrem Schmerz durch einen Schimmer von Freude sich steigernd, fort, du kannst nicht sagen, daß Ottfried dir je selbst gestanden, daß er mich nicht liebe?

Als Sidonie schwieg und zur Erde blickte, sammelte Agathe ihre matt zurückkehrenden Lebensgeister und sprach nach einem Moment, in dem sie Athem schöpfte, mit leiser, aber fester Stimme: Schwester, ich erkenne deinen hohen Geist, ich beuge mich vor ihm in Allem, in jedem – darin aber nicht, daß ich dem Besitze Ottfrieds entsagen sollte. Ich fühle, was du von meiner Unwürdigkeit, einen solchen Geliebten zu besitzen, sagst, nur zu tief: ich fühle, daß ich ihn mir nur durch meine Liebe erhalten kann; aber was kann mich berechtigen, von dieser meiner *Liebe* gering zu denken? Mit meinem Herzen kann ich so stark sein wie du mit deinem Geiste. Ich weiß nicht, Schwester, ob du bemerkt hast, daß ich ein armes Stiefkind des Lebens bin. Glaube mir, Schwester, daß ich angefangen habe, nicht mehr auf mein elendes Loos, das mir nur Zurücksetzung beschieden hat, so zufrieden herabzublicken. Der Glanz, einen Ottfried mein nennen zu dürfen, hat einen Schein in mein Lebensdunkel fallen lassen, der mir mehr erhellte, als nur meine Unwürdigkeit, ihn zu besitzen. Ich bin arm, freudenarm, ich bin eine Bettlerin, wo du Königin warst: und nun soll ich das Einzige geben, was mir der Himmel als Ersatz für meine Leiden sandte? Ich habe Alles für dich gethan, ich war im Stande, im Regen mich auf die Erde zu werfen, damit du trockenen Fußes über mich hinwegschreiten könntest; ich gehorche in Allem, was den Geist betrifft, deiner Einsicht und deinem Befehl; aber hier, in einer Frage des Herzens, gehorch' ich dir nicht. Hab' ich Ursache, das nicht zu nehmen, was mir Ottfried gibt? Er gibt mir seine Liebe, voll und rein. Nie zuckte ein Zweifel um seinen Mund, wenn er mich groß und rührend anblickte. Nie hat seine Zunge gestockt, wenn er von den wehmüthigen Erinnerungen an Schönlinde sprach. Gönne mir mein einziges, mein letztes Glück, Schwester, und nun – komm!

Der Bediente kündigte an, daß servirt wäre. Sidonie blickte starr durch die Fensterscheiben auf den Garten – es fiel der erste Schnee. Agathe stand noch eine Weile, wollte Sidoniens Hand ergreifen und sie küssen. Diese wies sie aber kalt zurück und Agathe ging zur Gesellschaft. Sidonie folgte, gemessen, mit Fassung.

Fast eine halbe Stunde war schon über die anberaumte Tischzeit verstrichen, die Gäste harrten, Wallmuth, der seine Rede im Kopf hatte, sprach, um sich nicht zu zerstreuen, sehr wenig. Nur Ottfried fehlte noch. Man zog die Uhr, fand dies Ausbleiben räthselhaft und brachte Sidonien, der ohnehin die Besinnung fehlte, in doppelte Verlegenheit. Endlich setzte man ein Mißverständniß voraus und beschloß zu Tisch zu gehen. Jetzt überraschte ein greller Zug an der Hausklingel die Gesellschaft. Agathen pochte das Herz. Das wird Ottfried sein! Er war es nicht, sondern sein Freund, der junge Graf Schönburgk. Dieser stürzte herauf und bat für die Störung tau-

sendmal um Entschuldigung. In der Audienz, sagte er mit eiliger
Hast, welche mein Freund heute beim Minister der auswärtigen
Angelegenheiten hatte, überraschte er durch seine Kenntnisse in
einem ihm vorgelegten Falle den Chef so außerordentlich, daß dieser ihm vorschlug, ihn augenblicklich zur Erledigung dieses Falles
als Courier an unsern Gesandten in Wien zu schicken. Ottfried hat
mit dieser Auszeichnung auf eine glänzende Art seine diplomatische Carriere begonnen. Eine Zögerung durfte nicht stattfinden,
schon ist der neue Legationssecretair auf dem Wege nach Wien und
wird unfehlbar in vierzehn Tagen wieder hier sein. Er beauftragt
mich, ihn für die Störung des Diners zu entschuldigen und besonders den beiden holdseligen Schwestern seine gehorsamsten Emp-
fehlungen zu Füßen zu legen.

Man bat den jungen Grafen zu bleiben. Er nahm es an und hatte
Gelegenheit, den Eindruck seiner Mittheilung zu beobachten. Sidonie triumphirte, Agathe blickte sinnend nieder, der Vater schwankte
zwischen dem Stolz, daß Ottfried so ehrenvoll seine Laufbahn geändert hatte, und dem Aerger, daß er seine vortreffliche, auf Rührung berechnete Rede stillschweigend in sich hinunterschlucken
mußte. Ja, im Laufe des ausgezeichneten Diners kam ihm noch der
glückliche Gedanke, seiner einstudirten Rede eine andere Wendung
zu geben. Er besann sich, ob er das, was er von der Verlobung und
Ehe sagen wollte, nicht auch auf den Staatsdienst und die Diplomatie anwenden könnte, und siehe da! es paßte. Er ergriff, mitten in
der Heiterkeit, das Glas und brachte dem abwesenden jungen Diplomaten ein Hoch, das er mit mancherlei Wendungen von Lebens-
bahn - Ehe mit dem Staat - Obstbaumzucht des Schicksals - Ringe
wechseln mit dem Gott Saturn, dem Herrn der Zeitläufte - Verlobung des Verstandes mit der Phantasie u. s. w. fein zu motiviren
wußte. Gern hätt' er auch dem »selig herniederblickenden Geist der
verklärten Mutter«, der in der Verlobungsrede den Schlußeffekt
machen sollte, eine gezwungene Wendung auf die Courierreise
nach Wien geben mögen, allein dies Wagniß auszuführen war selbst
dem durch Champagner aufgeregten Humor nicht möglich. Der
Trost, der aus den Trümmern einer verstümmelten Verlobungsrede
emporstieg, gefiel darum nicht minder und erregte einen Sturm von
Beifall und natürlich auch von Bewunderung für den sinnigen, bei

jeder Gelegenheit taktfest »improvisirenden« Redner. – Agathen fiel
eine Thräne in ihr Glas.

# 9.

Es vergingen vierzehn Tage; Ottfried kam nicht und schrieb auch nicht. Agathe gedachte dessen, was die Schwester gesagt hatte: Es gibt Geständnisse, die der Worte nicht bedürfen. Dieser Satz, mit glühender Flammenschrift in ihr Herz gegraben, verzehrte sie. Der Vater, der es wohl begriff, daß sich Ottfried dem Verlöbniß mit Agathen entziehen wollte, tröstete sich mit dem Gedanken, daß Niemand etwas von dieser beabsichtigten Verbindung erfahren hatte. Er war Menschenkenner genug, Frau von Büren ganz zu begreifen, als sie ihm auseinandersetzte, daß eine Verbindung dieses strebenden Feuergeistes mit Agathen nur eine unglückliche Zukunft für beide Theile geschaffen hätte. Der Name Ottfried blieb ihm darum doch lieb und werth; denn Sidonie sprach stets von ihm und las ihm auch aus einem wiener Briefe vor, daß Ottfried in einem besuchten Cirkel sich geäußert hätte, er kenne keinen Mann, der bessere Münzen aus der byzantinischen Epoche besäße, als der Ritter Wallmuth.

Ottfried wurde bei der wiener Gesandtschaft attachirt und kehrte nicht zurück. Kurz vor dem Beginn des Carnevals erklärte Frau von Büren, daß sie einer dringenden Einladung ihrer Freundin, der Gräfin Adlerkron in Wien, nicht länger widerstehen könnte und einmal jene heitere und für ihre Gesundheit anregende Zeit in Wien zubringen wolle. Der Vater hörte dies gern und machte ihr noch ein kleines Geschenk, das sie noch in ihre ohnehin gefüllte Reiseschatulle legen sollte, eine Anweisung auf Arnstein und Eskeles in Wien, im Betrag von sechshundert Dukaten. Sie küßte ihm dafür dankbar die Hand.

Mit dem Abschied nahm es die geistreiche Frau leicht. Nur der von Agathen bot einige Verlegenheit. Am Tage vor ihrer Abreise fuhr sie beim väterlichen Hause vor. Agathe saß in ihrem kleinen Zimmer, in dem beide Schwestern erzogen waren. Ein kleines Bild der Mutter hing in düsterer Beleuchtung an den verschossenen Wänden, Agathe sah krank und elend aus. Sie konnte sich kaum erheben, Sidonie, ein Bild der Schönheit, stand mit gesenktem Haupte vor ihr. Du gehst nach Wien! Weiter konnte Agathe nichts sagen. Schon das letzte Wort erstickte in ihren Thränen, die sanft über die blassen Wangen niederflossen, sanft und still, ohne Vorwurf, ohne Anklage. Ach, sie hatte etwas auf den bebenden Lippen, was sie der Schwester sagen wollte. Sie begann: Sag' ihm – aber sie vollendete es nicht. Es war kein Vorwurf, den sie der Schwester, der Räuberin ihres Glückes, ihres einzigen Glückes, mitgeben wollte, sie wollte nur äußern: Sag' ihm, daß ich von ihm nichts behielte, als den weggeworfenen Buchstaben G. und daß ich diesen wahren und hüten wolle, diesen Theil seines Lebens, diesen Theil seines Herzens, den ich einst besessen habe und besitzen werde, bis das meine aufhört zu schlagen. Aber soviel Worte trugen ihre Lippen nicht. Sie erhob sich langsam, drückte ihre Schwester unter tausend Thränen an ihre arme, der Liebe beraubte Brust und entließ Sidonien, in deren lange Wimper sich ein einziger Tropfen stahl, mit den erstickten Worten: Du wirst mich nicht wiedersehen!

Sie sah sie nicht wieder. Wie der Frühling wiederkam und mit ihm die Erinnerung an Schönlinde, sank sie zusammen. Der überschwellende Blüthenduft im Monat Mai tödtete ihre sieche Brust. In der neuen marmornen Familiengruft wurde sie begraben und gern erfüllte der Vater, der, wie so viele Menschen, erst im Tode ehrte, was er im Leben misachtet hatte, den letzten Wunsch der Sterbenden, daß er statt alles Prunkes und aller Inschrift auf den Stein, der die Stelle ihres Grabes bezeichnen würde, den einfachen Buchstaben G. setzen sollte. Der Vater thats, verstand aber die Bedeutung nicht, auch die geistreiche Dichterin Sidonie, die aus dem Schicksal ihrer Schwester den Stoff ihres ersten gedruckten Romans wählen wird, verstand sie nicht. Nur Ottfried verstand sie mit tiefer Erschütterung und gelobte sich, als er sich eines Abends aus Sidoniens Armen riß, heilige, ernste Dinge.

Gott, den er aus seinem Namen, aber nicht ganz aus seinem Herzen stieß, weiß es, ob er sie halten wird.

## Über tredition

### Eigenes Buch veröffentlichen

tredition wurde 2006 in Hamburg gegründet und hat seither mehrere tausend Buchtitel veröffentlicht. Autoren veröffentlichen in wenigen leichten Schritten gedruckte Bücher, e-Books und audio-Books. tredition hat das Ziel, die beste und fairste Veröffentlichungsmöglichkeit für Autoren zu bieten.

tredition wurde mit der Erkenntnis gegründet, dass nur etwa jedes 200. bei Verlagen eingereichte Manuskript veröffentlicht wird. Dabei hat jedes Buch seinen Markt, also seine Leser. tredition sorgt dafür, dass für jedes Buch die Leserschaft auch erreicht wird.

Im einzigartigen Literatur-Netzwerk von tredition bieten zahlreiche Literatur-Partner (das sind Lektoren, Übersetzer, Hörbuchsprecher und Illustratoren) ihre Dienstleistung an, um Manuskripte zu verbessern oder die Vielfalt zu erhöhen. Autoren vereinbaren direkt mit den Literatur-Partnern die Konditionen ihrer Zusammenarbeit und partizipieren gemeinsam am Erfolg des Buches.

Das gesamte Verlagsprogramm von tredition ist bei allen stationären Buchhandlungen und Online-Buchhändlern wie z. B. Amazon erhältlich. e-Books stehen bei den führenden Online-Portalen (z. B. iBookstore von Apple oder Kindle von Amazon) zum Verkauf.

Einfach leicht ein Buch veröffentlichen: **www.tredition.de**

## Eigene Buchreihe oder eigenen Verlag gründen

Seit 2009 bietet tredition sein Verlagskonzept auch als sogenanntes "White-Label" an. Das bedeutet, dass andere Unternehmen, Institutionen und Personen risikofrei und unkompliziert selbst zum Herausgeber von Büchern und Buchreihen unter eigener Marke werden können. tredition übernimmt dabei das komplette Herstellungs- und Distributionsrisiko.

Zahlreiche Zeitschriften-, Zeitungs- und Buchverlage, Universitäten, Forschungseinrichtungen u.v.m. nutzen diese Dienstleistung von tredition, um unter eigener Marke ohne Risiko Bücher zu verlegen.

Alle Informationen im Internet: **www.tredition.de/fuer-verlage**

tredition wurde mit mehreren Innovationspreisen ausgezeichnet, u. a. mit dem Webfuture Award und dem Innovationspreis der Buch Digitale.

tredition ist Mitglied im Börsenverein des Deutschen Buchhandels.

## Dieses Werk elektronisch lesen

Dieses Werk ist Teil der Gutenberg-DE Edition DVD. Diese enthält das komplette Archiv des Projekt Gutenberg-DE. Die DVD ist im Internet erhältlich auf **http://gutenbergshop.abc.de**

FSC
www.fsc.org

MIX

Papier | Fördert
gute Waldnutzung

FSC® C083411

Zeitfracht Medien GmbH
Ferdinand-Jühlke-Straße 7
99095 Erfurt, Deutschland
produktsicherheit@kolibri360.de